マドンナOLメイド志願

◆◆◆

八神淳一

Junichi Yagami

紅 beni 紅文庫

目次

第一章　お気に召してくださいましたか　7
第二章　やはりエプロンがいいですか　51
第三章　子宮に掛けてくださいますよね　90
第四章　主人にだけは言わないでください　131
第五章　フェラを代わってくださいっ　181
第六章　お尻の処女を破ってください　217

装幀　遠藤智子

マドンナＯＬ　メイド志願

第一章　お気に召してくださいましたか

1

　ついてないな。

　村田功一《むらたこういち》はぼやきつつ、エレベーターを待つ。なかなかエレベーターが来ない。

　やっぱりついていない。思えば、今日一日ついていなかった。朝、電車に乗り遅れるわ、営業先で水をこぼすわ、頼んだランチが功一だけなぜか来ないわ、上司にどなられるわ、そして、今も、帰りの電車の中で、忘れ物を思い出し、会社に戻っていた。

　エレベーターが来た。乗り込む。十階を押す。

　いや、ついていないわけでもないな、と功一は思い返す。そもそも、毎日、こんな感じだと気づいた。

エレベーターが十階に着く。廊下は静まり返っている。午後十時をまわっていて、残業している者はいなかった。このところ、残業時間が減っていた。皆、自宅に持ち帰ってやっていた。

功一もそうだったが、大事な資料を忘れてきていた。

第一営業部のフロアに入ろうとして、人の気配を感じた。というか、女性の喘《あえ》ぎ声のようなものを耳にしたのだ。

ドアが半分開いていて、そこから声が洩《も》れている。

もしかして、誰か、営業部のフロアでやっているのか。

「ああっ、あんっ」

甘い声がはっきりと聞こえた。この声は誰だ。

「あ、ああっ、あんっ」

甘くとろけるような喘ぎ声は、マドンナ社員の立花美瑠《たちばなみる》のように思える。

まさか、水上商事《みずかみしょうじ》一の美人が夜の職場でエッチかっ。羨《うらや》ましい相手は誰だっ。

功一は、そっと第一営業部のフロアをのぞいた。

自分の目を疑った。女性一人しかフロアにいなかったからだ。しかも、その女性は窓際に立っていた。こちらに背を向けていたが、予想通り立花美瑠だとわかった。

美瑠は白のブラウスに紺のタイトスカート姿だ。スカート丈《たけ》は膝小僧《ひざこぞう》がのぞく程度で、そこから、ストッキングに包まれたふくらはぎがのぞいている。

「ああ、こうですか……ああ、恥ずかしいです……ああ、向こうのビルから……ああ、見られてしまいます」

美瑠は窓に上半身をこすりつけているようだった。

もしかして、ブラウスの前をはだけているのか。しかし、なぜ。どうして、美瑠がこんなことをやっているんだ。

「ああ、わかりました、こういち様……ああ、ご命令に従います……」

いきなり、功一の名前がマドンナの口から出てきて驚いた。

こういち様って、俺のことじゃないよな。第一営業部にこういち、という男性社員はいたか。名前まではよくわからない。

「あ、ああ……乳首がこすれて……ああ、変になりそうです……ああ、美瑠、乳首すごく感じるんです……ああ、こういち様、ごめんなさい……こんな美瑠なんて、お嫌いですよね」

好きだよ、美瑠。どんな美瑠でも好きだよ。

「えっ……ああ、スカートを脱ぐんですか……ああ、そんなこと、出来ません」

と美瑠がかぶりを振る。が、すぐに、

「ごめんなさいっ、こういち様っ。ドレイの分際で、口答えをするなんて、最低ですよね。脱ぎます。脱がさせてください、こういち様」

そう言うと、美瑠がタイトスカートのサイドホックに手を掛けた。

えっ、ここで、スカートを脱ぐのっ、えっ、うそだろうっ。

そもそも、ドレイの分際ってなんだ。美瑠はこういち様のドレイということなのか。こういち、こういち。ずっと考えているが、うちの社に、こういちという名の男はいないと思う。功一以外は……。

美瑠がタイトスカートを下げはじめる。ずっと窓に向かい合っている。

美瑠のヒップがあらわれた。パンストをはいていた。ベージュのパンスト越しに、ぷりっと張った尻たぼが見える。パンティは見えない。ノーパンか、と思ったが、T字のラインが見えた。

Tバックか。立花美瑠はTバックで仕事をしているのか。

タイトスカートが見事な脚線を滑り落ちた。

美瑠は第一営業部のフロアで、ブラウスとパンストだけになっていた。

「誰っ」

と美瑠がいきなり振り向いた。

スカートを下げた時、すでに功一は身を乗りだしていた。咄嗟《とっさ》に隠れることが出来ず、もろに、目が合ってしまった。

「あっ……」

と美瑠と功一は同時に声をあげていた。

功一が声をあげたのは、いきなり、美瑠の乳房を目にしたからだ。やはり、ブラウスをはだけていたが、それだけではなかった。ブラがお腹《なか》まで下がっていたのだ。

当然、乳房は丸出しだった。

「こういち様っ」

いきなり、美瑠が功一の名前を呼んだ。

やはり、こういち様というのは、この俺なのか……。

「見ましたね」

「そ、そうだね……」

あっ、と声をあげて、美瑠がむきだしのままの乳房を両腕で抱いた。

乳首は隠れたが、豊満なふくらみは二の腕からはみ出ていた。しかし、予想以上の巨乳だった。

ブラウスの胸元は高く張っていたから、立花美瑠はかなりの巨乳だと、男性社員の中では通説になっていたが、そのボリューム感は予想を凌駕《りょうが》していた。

今も、両腕で乳房を抱いていたが、まったく隠れていなかった。乳首以外はほぼ丸出しといってもいい。

「撮《と》らないんですか、こういち様」

と美瑠が聞いてくる。

「撮る……なにを……」

「私の手ぶら姿です……レアなはずですけれど」

確かにレアだ。レアすぎる。が、写真に撮るという発想はなかった。むしろ、はやく、ブラを戻し、ブラウスのボタンをつけてほしかった。

功一は美瑠の手ぶらから背を向けた。そして、

「ブラをつけて」

と言った。我ながら紳士的な対応だと思った。好感度があがるだろう。美瑠の中で、功一の好感度というのがあればだが。

「えっ……撮らないんですか。そんなに、魅力ないですか。功一様にとって、美瑠は画像に撮る価値もないスベタということですかっ」

スベタ。マドンナの口から聞くと、なにか洗練された言葉に聞こえる。

「見たくないんですかっ。それとも、隠したのがいけなかったですか。そうですよね。乳首、見たいですものね。わかりました。万歳します。万歳ポーズ、功一様、好きですよね」

好きだった。ブラなしの万歳ポーズ。最高だろう。

「しました。見てください」

紳士的な対応を取り続けるつもりだったが、ブラなしの万歳ポーズの誘惑に負けて、功一は振り返った。

「おうっ」

思わず、声をあげていた。

美瑠はただ手ぶらを解いて、両腕をあげているだけではなかった。お腹にかかったブラを取り、しかもブラウスを脱いでいたのだ。

上半身は裸。そして、下半身はパンストにパンティだけ。

そんな姿で両腕を上げて、乳首はおろか、腋《わき》の下まで晒《さら》していた。

「立花さん……」

「お気に召してくださいましたか、功一様」

「功一様って、俺のことだよね」

「もちろんそうです、唯一無二の御方のお名前です」

「お、俺が、唯一無二……からかっているのかい」

「からかっているなんて……からかって、こんなかっこうが出来ますか。功一様のご希望だから、恥を忍んで、恥ずかしい姿をお見せしているのです」

ここで、美瑠の瞳が潤んでいることに気づいた。乳首もツンととがりきっている。

彼女は興奮しているのだ。第一営業部の同僚に破廉恥《はれんち》な姿を見られて、昂《たかぶ》っているのだ。

これはいったいどういうことだろうか。相手は誰でもいいのか。いや、違う。功一と目が合う前から、美瑠は、功一様、と呼んでいた。

俺のことを思って、おっぱいを窓にこすりつけていたわけだ。

「唯一無二って、どういうことかな」

美瑠の極上バストと、極上腋の下を眺《なが》めつつ、功一は聞く。

「だって……功一様、第一営業部の成績はずっと最下位だし、毎日、長谷川《はせがわ》課長にどなられているし、きっと彼女いない歴イコール年齢だろうし、ネクタイはダサいし……ああ、上げたらきりがありませんっ」

面と向かって思いっきりディスられていたが、すべて当たっていた。

水上商事に入社して五年。ずっと営業部にいたが、成績はずっと最下位だった。それも、ダントツに最下位だった。

どうして、功一が飛ばされないのか、配置転換にならないのか、水上商事の七不思議のひとつになりつつあった。

「そんな功一様に、恥ずかしところを見られてしまったんです。今も、恥ずかしいポーズを強制されています」

「いや、俺は別に、強制は……」

「いいんです。私は功一様のドレイですから。喜んで、恥まみれになります」

「俺のド、ドレイ……立花さんが」

「美瑠って、呼び捨てにしてください」

「み、美瑠……」

「ああんっ」

功一が呼び捨てにしただけで、美瑠がしなやかな両腕を上げたセミヌードをくねらせる。

「美瑠っ」

もう一度呼んでみる。

「ああっんっ」

美瑠はあきらかに感じていた。功一に呼び捨てにされただけで、感じていたのだ。

功一自身も水上商事一の美人を呼び捨てにして、昂っていた。立花美瑠を前にして、美瑠、と呼べる日が来るとは、想像すらしていなかった。

美瑠が感じていることは間違いない。それにからかっているようにも見えない。確かに、からかうためだけに、パンストとパンティだけにはならないだろう。

今、功一が画像を撮って、それを、会社でばらまいたら、お終《しま》いだ。

そうだ。画像だ。画像を撮ろうっ。こんなチャンス、恐らく二度とないっ。

それに、手ぶら姿を撮らないんですか、と言っていたじゃないか。

今は手ぶらどころか、乳首丸出しなのだ。

この状況に少しだけ馴染んだ功一は、ジャケットの内ポケットから携帯電話を取りだした。

すると、あっ、と美瑠が声をあげる。ずっと上げていた両手を下げて、バストを隠そうとする。

功一は思わず、

「隠すなっ、美瑠っ」

とどなっていた。

2

「ごめんなさいっ、功一様っ。申し訳ありませんでしたっ」

と言って、美瑠はあわてて両腕を上げた。たわわな乳房の底が持ち上がり、腋の下が再びあらわれる。

あらためて見ると、我が社のマドンナの乳首は淡いピンク色をしていた。豊満な乳房は美麗なお椀形《わんがた》。腋の下は、もちろんすっきりと手入れが行き届いていた。

ウエストは折れそうなほどくびれ、縦長のへその形がセクシーだ。

完璧だ。完璧すぎるボディだっ。

うーむ、と功一は思わずうなり、そして、携帯のレンズをパンストとパンティだけの美瑠に向ける。

「ああ、撮るんですね……ああ、美瑠の恥ずかしい姿……撮るんですね」

「するよ、美瑠」

そう言うと、画面をタップする。カシャリ、とシャッターが切れる音がする。

すると、

「あんっ」

美瑠が甘い声をあげる。またも、感じているのだ。

わかってきた。恐らく美瑠はマゾなのだ。しかも、かなりのどマゾだ。マドンナと持ち上げられている自分が、水上商事一の最低営業マンのドレイになるという想像で、オナニーしていたのだ。

そこに、リアル功一があらわれたわけだ。

功一はシャッターを切り続ける。そのたびに、あんっ、と美瑠は甘い声をあげる。

「裸になれ、美瑠」

美瑠のどマゾぶりを理解した功一は、調子に乗って、そう言った。

「えっ……ここで……脱ぐんですか」

美瑠がためらいの表情を浮かべた。

ここが岐路《きろ》だと、功一は感じた。

脱げ、と強く迫るのか。ここまでにするのか。

美瑠のおっぱいが見られて、ここまでに出来て、画像まで撮られて、美瑠と呼び捨てに出来て、画像まで撮られて、充分だという考え方もある。


が、もうひと押しすれば、さらに美瑠は感じて、もしかして……もしかして……やれるかもしれない……。

えっ、やれるかもっ。マドンナとっ。

急に鼻息が荒くなる。功一は童貞だった。美瑠が指摘した通り、彼女いない歴イコール年齢である。

なんとも情けないが、今、その情けなさが、どマゾの美瑠にとってどストライク状態になっているのだ。営業成績が悪いのも、そうだ。長谷川由貴《ゆき》課長に日々どなられているのも、そうだ。

客観的に見れば、最悪なこの状態が、どマゾの美瑠にとっては、最高なのだ。今だ。今しかない。すでに、美瑠はおっぱいを出している。後は、パンストとパンティを脱ぐだけで、準備オーケーとなるのだ。

もうひと押しだ。もうひと押しにかけよう。

「ドレイと言っていたのは、うそなのか。美瑠、軽々しくドレイという言葉を使ってほしくないな」

「ああ、功一様……」

「ご主人様の命令も聞けずに、裸にもなれない女に、俺のドレイと名乗る資格はないっ」

我ながら、名言だと思った。

「申し訳ありませんっ。脱ぎますっ、功一様っ」

功一を見つめる美瑠の瞳がうるうるしている。

どうやら強気に出たのが功を奏しているようだ。それに名言もかなり利いている気がする。

美瑠がパンストに手を掛けた。いつの間にか、美貌《びぼう》だけではなく、鎖骨《さこつ》辺りまで朱色に染まっていた。

自ら大胆に露出させつつ、急に羞恥心《しゅうちしん》が強くなってきたのか、なかなか、パンストを下げようとしない。

そうか。さらなるご主人様の命令が欲しいのか。さらなる名言を浴びたいのか。いいだろう。

「どうした、美瑠。はやく、素っ裸になって、おま×こを見せないか」

「お、おま×こ……見せるのですか」

「当たり前だろう。ドレイはいつも、すぐに、ご主人様におま×こを見せられる状態でいないとだめなんだ。それくらい、わかってないのかっ」

「ごめんなさい……私、ドレイに憧《あこが》れていたんですけど……憧れだけで……わかっていませんでした。ああ、功一様、指南《しなん》してくださいませんか。美瑠に、ドレイのいろはを教えてくださいませんか」

「まずは、おま×こを見せてからだ。やりまんのおま×こだったら、俺のドレイになる資格はない」

「ああ、美瑠、功一様のドレイになりたいですっ」

「おま×こはピンクか」

「はいっ。きっと功一様に、気に入っていただけると思います」

「そうか」

功一はホッとした。いくら美人でも、やりまん土留色《どどめ》だったら、興醒《きょうざ》めだからだ。

「まあ、口で言っているだけかもしれないからな。この目で見ないと、ドレイとして認めるかどうかわからないぞ」

「はいっ、功一様っ」

功一を見つめる美瑠の瞳がさらに輝いていた。

乳首はさらにとがり、ふるふる震えている。摘《つ》まんだら、それだけで、いってしまうのではないかというくらい充血している。

美瑠がパンストをヒップからむくように下げはじめる。

パンティがあらわれた。純白だった。清廉《せいれん》な色が、美瑠にはとても似合う。

色は清廉だったが、デザインはエロかった。フロント面積が狭く、脇から恥毛がはみ出ていないのが不思議なくらいだ。

もちろん、サイドは紐《ひも》。そして、Tバックだ。

美瑠がすらりと伸びた足をくの字に折って、パンストをむき下げていく。太腿《ふともも》があらわれ、膝小僧があらわれる。

美瑠は常にストッキングをはいていたから、生足はレアだ。

さらにふくらはぎがあらわれる。とてもやわらかそうだ。足首もきゅっと引き締まり、あそこの具合の良さを想像させる。

美瑠がパンティ一枚となった。太腿と太腿をすり合わせ、はあっ、と羞恥の息を吐いている。

が、いやがってはいない。感じていることはあきらかだ。

なにより、功一を見つめる目がさらに色っぽくなっている。美人にこんな目をされたら、もうどうしようもない。童貞野郎はいちころだろう。

功一はその童貞野郎だったが、美瑠とやるために、懸命にいちころにならないようにしていた。なんせ、美瑠をドレイ扱いしなければならないからだ。

美瑠はどマゾのようだが、功一は別にどSではない。

そもそも、Sではない。どちらかといえば、Mかもしれない。

でも、Mかも、なんて口が裂けても言えない。そこで、美瑠との関係は終わってしまう。

美瑠は、水上商事で一番仕事の出来ない、頼りない功一のドレイになることで、喜びを得ようとしているのだ。

「どうした、美瑠、あと一枚残っているぞ」

「はい、功一様……ああ、会社の中で、パンティまで脱ぐのは……想像していた以上に……恥ずかしくて……ああ、警備員が来る時間じゃないですかっ」

そうなのか。よくわからない。が、警備員は巡回するだろう。それはいつだろうか。

「逃げる気だな。ドレイ失格だ、美瑠」

と言って、功一はパンティだけの、おっぱいも丸出しのマドンナに背を向けていた。

これは、やりたいという一念がさせた捨て身の行動だった。ここで、美瑠がすがりついてこないと終わりである。

「待ってくださいっ、功一様っ」

背後から、美瑠の声が迫る。

振り向きたかったが、功一はぐっと我慢して、第一営業部のフロアから出ようとした。

3

「功一様っ」

足に、美瑠を感じた。

「美瑠を捨てないでくださいっ」

足から声がする。

「捨てるもなにも、そもそもおまえなんか、俺のドレイじゃないっ」

功一は泣くなく言い放つ。

「ああっ、功一様っ、見てくださいっ」

立ち上がる気配がした。そしてパンティを脱ぐ気配も、功一は背中で感じた。

今、立花美瑠が生まれたままの姿になっている。

見たら、抱きついてしまいそうな気がした。それではだめだ。深呼吸をする。

ひと呼吸置いて、功一は振り向いた。

「おうっ」

思わず、声をあげていた。

美瑠は全裸で立っていたが、ただ立っているだけではなかった。右手を恥部にやり、自らの手で割れ目を開いていたのだ。

いきなり、功一の視界に、マドンナの花びらが飛び込んできていた。

美瑠の花びらはピンクだった。可憐《かれん》なピンクだ。穢《けが》れを知らないピンクだった。いや、穢れを知らないことはないだろう。処女ではないはずだ。

もしかして、処女かっ。いや、それはないだろう。

そんなことをうじうじ考えていると、美瑠が心配そうな声をあげた。

「ああ、お気に召しませんか……ああ、美瑠のおま×こ、功一様のお気に召しませんか……」

見ると、大きな瞳に涙をいっぱい溜《た》めていた。

功一におま×こを見せて、泣いているのだ。

なんてことだろう。これは夢だ。現実なわけではない。でも、夢なら夢でもいい。醒めなければいいのだ。このまま、ずっと夢の中で生きていっていい。

契約は取れず、長谷川課長にどなられ続ける現実よりも、こちらの方が数百倍、いや、数万倍いい。

「綺麗《きれい》なおま×こじゃないか。感心したぞ」

功一が言うと、

「本当ですかっ、功一様っ」

と、美瑠が満面の笑みを浮かべた。

「あ、あの……」

「なんですか、功一様」

匂《にお》いを嗅《か》いでいいか、と言いたかった。足下にしゃがんで、間近でマドンナの媚肉を見たかった。

が、匂いを嗅ぐ、しゃがむ、という行為はご主人様らしくないのでは、とためらいが出ていた。

「どうされたのですか。なんでもおっしゃってください。美瑠、なんでもしますから」

なんでもする……エッチ出来るということか。今すぐ、した方がいいんじゃないのか。

今なら、やらせろ、と言って、尻を突き出させ、立ちバックでハメまくれるんじゃないのかっ。卒業だっ。童貞卒業だっ。

「もしかして……美瑠のおま×この匂いを嗅がれたいのではないですか」

ピンポイントで、美瑠が功一の気持ちを当ててきた。

あまりに図星で、功一はあっと声をあげていた。

「やはりそうなのですね」

美瑠はそばのデスクに裸のまま上がり、座《すわ》った。椅子を蹴《け》り飛ばし、デスクの上で長い足をM字に立てていく。

功一は目を見張った。あらためて、美瑠の股間を凝視《ぎょうし》する。

アンダーヘアは薄かった。ひと握りが恥丘を飾っている。すうっと通った割れ目の左右には、うぶ毛ほどの恥毛しかない。

大胆に両足を開いていたが、魅惑《みわく》の花唇は閉じたままだった。

一見、処女のように見えるが、やはり、割れ目からはおんなの匂いを感じた。童貞でもわかるのだ。いや、童貞だからわかると言っていいかもしれない。

生の割れ目を見るのははじめてだったが、割れ目の写真や動画なら、もう、飽きるくらいネットで見ていた。

童貞ゆえに、処女が気になる。やっぱり、童貞卒業の相手は処女がいいかな、と思って生きてきた。

だから、処女の割れ目かどうか、見抜く力がついてきていた。もちろん、功一の単なる主観に過ぎなかったが、自信はあった。

その目で鑑定すると、美瑠の花唇には、すでに男のち×ぽが通過していた。でも、綺麗なことには変わりなかった。いくらでも、割れ目だけを鑑賞出来ると思った。

美瑠が割れ目に指を添えた。指が震えていることに気づいた。恥ずかしいのだ。それに耐えて、功一のために開こうとしているのだ。

なんて健気《けなげ》なんだろう。そんなに、出来の悪い社員のドレイになりたいのか。思えば、美瑠は思春期の頃から、男たちにちやほやされてきただろう。これだけの美貌にスタイルなのだ。

が、美瑠の身体《からだ》の中には、マゾの血が流れている。ちやほやされても、うれしくないのだ。

「ドレイのおま×この匂いなど嗅ぎたくはないぞ」

「そ、そうなのですか……勝手にこんなかっこうをしてしまって……」

申し訳ありません、と美瑠がデスクから降りようとする。

「が、ドレイに値するか、調べる必要がある」

「と言いますと……」

「色はピンクだが、おま×この匂いが臭《くさ》いと興醒めだからな。ドレイはおま×この匂いも大事だ」

「はい……功一様……では、嗅がれますか」

美瑠が聞いてくる。どうやら、おま×こ同様、その匂いにも自信があるようだ。美人というのは、割れ目の奥まで手入れが行き届いているものなのか。

「嗅いでやろう」

「ありがとうございます」

と言いながら、再び、美瑠が割れ目を自らの指でくつろげていく。

ピンクの粘膜に誘われるように、功一はデスクに近寄る。

少ししゃがみ、マドンナの恥部に顔を寄せていく。

「あ、ああ……功一様……」

指が震えている。それゆえ、花びらが見えたり、隠れたりしている。

「大きく開け」

強い口調で命じる。

「はいっ」

美瑠は素直にうなずき、ぐっと花唇を開く。

さっきよりさらに愛液があふれていた。

「ぐしょぐしょじゃないか」

「ああ、濡らすドレイはお嫌いですか」

「匂いと味次第だな」

「あ、味、ですか……」

当然、美瑠の愛液を味わってみたくなる。どんな味か知りたくなる。なにせ、女性の愛液など、舐《な》めたことがないからだ。

「そうだ。俺が舐めてやる」

「ありがとうございます。どうぞ、美瑠のおま×このお汁、ご賞味《しょうみ》ください」

まさか、愛液の味にも自信があるのか。自分で舐めているのか。それともこれまで舐めてきた男たちが、旨《うま》い旨いと絶賛していたのか。恐らく、後者だろう。

「いいだろう」

と言い、功一は美瑠の股間に顔を寄せていく。

するると、なんとも言えない甘い匂いが襲ってきた。普段、美瑠がそばを通る時、かすかに薫《かお》ってくる匂いを濃くしたようなものだ。

あの匂いは香水なんだと思っていたが、違っていたのだ。美瑠のおま×こから出ている匂いだったのだ。

功一は鼻をくんくんさせる。

「ああ、どうですか」

「いい匂いだ、美瑠」

「うれしいです」

むきだしの花びらがひくひくと動く。おま×この匂いを褒《ほ》められて、花びらがうれしそうに反応しているのだ。

なんていい子なんだろう。

ちやほやされて、きっと、男の趣味が変になったのだろう。

功一はさらに鼻を寄せていく。舐めたかったが、我慢する。

今、舐めると、この芳《かんば》しい薫りに、俺の唾液《だえき》が混じってしまう。

もうしばらくは、純粋な美瑠の花びらの匂いを嗅いでいたい。

と思ったが、我慢出来ずに、舌を出した。美瑠の花びらをぺろりと舐めた。

4

「ひゃあっ！」

美瑠が甲高《かんだか》い声をあげた。美瑠もすぐに舐められるとは思っていなかったのだろう。

一度舐めると、もう止まらない。花びらに強く舌腹を押しつけるようにして、ぺろぺろ、ぺろぺろと、マドンナの愛液を舐めていく。

「あ、あああ……功一様……ああ、功一様に……美瑠の、お、おま×こを舐められているっ」

大胆に広げた下半身が、がくがくと震える。

「動くなっ」

ぱしっと太腿を張る。すると、

「あんっ」

甘い声をあげて、ごめんなさい、と美瑠が謝《あやま》る。

「旨いぞっ、ああ、こんな旨い汁、舐めたことがないぞっ」

「ああ、功一様は、年齢イコール彼女いない歴ではないのですか」

「そうだぞ」

なぜか、威張《いば》ってそう答える。

「じゃあ、はじめてですよね。おま×この汁、舐めるの」

「はじめてでもわかるんだよ。これが、極上のおま×この汁だと」

「ああ、そうなのですね……変に疑ってしまって、ごめんなさい」

やはり年齢イコール彼女いない歴というところに、美瑠はびんびんきているのだ。

でもそうなると、このままやってしまっていいのだろうか。やったら、童貞ではなくなる。でも、やったからと言って、美瑠が彼女になるわけではないか。やったとしても、彼女いない歴イコール年齢というのは変わらないことになる。童貞ではなくなるというだけだ。美瑠は俺の彼女になりたいわけではない。ドレイになりたいと言っているのだ。

「ドレイの分際で、ご主人様を疑うとは何ごとだっ」

そう言うと、功一は泣くなく美瑠の花びらから顔を引いた。本当はもっと舐めていたかったが、ドレイにあるまじき、美瑠の失言を放置しておくわけにはいかない。

「ああ、申し訳ございませんっ」

美瑠はデスクの上で両足をM字に立てたまま謝る。

「悪いと思っているのか、美瑠」

「はい、功一様」

「じゃあ、口で詫《わ》びろ」

と、功一は言った。

強く出ていたが、そろそろ美瑠にしゃぶってもらいたかっただけだ。

「お口で……おしゃぶりしていいのですかっ、功一様っ」

美瑠が喜びの声をあげる。

喜んでしゃぶられては詫びにはならず、ドレイにあるまじき失言を咎《とが》める趣旨とはずれてしまうが、マドンナのフェラをはやく受けたくて、

「いいぞ」

と、功一は言った。

ありがとうございますっ、と美瑠がデスクから降りる。そして、功一の足下に跪《ひざまず》く。美瑠は全裸、功一はスーツ姿のままだ。

功一はジャケットを脱ぐことにした。脱ごうとする仕草を見せるなり、美瑠があわてて立ち上がり、手伝おうとする。

背後にまわり、ジャケットを引いてくれる。するっと腕から袖《そで》が抜ける。

美瑠はていねいに畳み、デスクに置く。そんな動きだけでも、豊満な乳房がゆったりと揺れる。

普段、仕事をしているフロアで見るマドンナの裸は、極上だった。

美瑠が再び、功一の足下に両膝をついた。

「失礼します」

と言って、スラックスのベルトに手を掛けてくる。見上げる眼差《まなざ》しがたまらない。

別に女性を傅《かしず》かせて喜ぶ趣味はなかったが、見上げる視線は男心をくすぐってくる。

ベルトを外され、スラックスのジッパーを下げられる。そして、スラックスをぐっと引き下げられた。

ぱんぱんに張ったブリーフがあらわれる。黒だった。

「素敵です、功一様」

黒のブリーフを褒められる。いつもは白のブリーフだったが、たまたま今日は黒をはいていた。

マドンナに素敵と言われて喜ぶが、それでいいのかと、ちょっと心が乱れる。

どマゾの美瑠は営業部で最低の男だから、功一に萌《も》えるのではないのか。

そんなことを考えていると、ブリーフを下げられた。

びんびんのペニスがやっと解放され、それを喜ぶように、ぶるるんっと跳ねた。美瑠のすうっと通った小鼻を叩《たた》く。

すでに鎌首《かまくび》は先走りの汁まみれで、それが、美瑠の鼻についた。

まずい、と思ったが、美瑠は、あんっ、と甘い声をあげていた。

「すごい我慢のお汁ですね」

「そうだな……」

「ずっと我慢していたんですよね」

「そうだ。もう二十七年になるな」

「はあっ……二十七年も……忍耐強い御方なんですね」

尊敬の目で見上げている。

別に忍耐強いわけではない。やむをえず、忍耐を強いられているだけだ。

「お舐めして、よろしいですか」

「舐めたいか、二十七年ぶんの我慢汁を」

「舐めたいです。すごく美味《おい》しそうです」

どう考えても、恐ろしく不味《まず》そうだったが、不味いほうがどマゾはうれしいはずだ。

いいぞ、と許可を与えると、美瑠は瞳を閉じ、そっと唇を寄せてきた。

それだけで、ペニスがひくひく動く。

ちゅっとキスしてきた。そこから、快美な電流が突き抜けていく。

美瑠はそのまま、くなくなと唇をこすりつけ続ける。

「舐めろ」

じれた功一が命じる。美瑠が唇を開き、舌を出した。ピンクの舌だ。それで、
二十七年間の我慢汁を舐める。

舌の動きが止まり、美瑠の美貌が一瞬歪《ゆが》んだ。

不味いのだ。それはそうだろう。俺だったら、絶対舐めたくない。

「どうした、美瑠」

美瑠の舌が動きはじめる。ねっとりと先端にからませてくる。

「あ、ああ……」

先端がとろけるような快感に、功一が声をあげる。情けない声を聞かれたく
なかったが、どうしても出てしまうのだ

美瑠の舌が裏の筋に伸びた。強く舌腹を押しつけてくる。

「あぁっ、そこっ」

急所を舐められ、功一はうめく。

「ああ、もっと、情けない声を聞かせてください、功一様」

美瑠が功一が発する情けない声に感じていることを知る。

そうだ。俺が情けなければ情けないほど、美瑠は燃えるのだ。遠慮なく、情けない声を出そうじゃないか。

美瑠が功一を見上げてきた。その瞳が妖《あや》しく潤んでいる。

その目で見つめられ、危うく暴発しそうになる。暴発は免《まぬか》れたが、どろりと大量の我慢汁を出してしまう。

「ああ、目だけで、いきそうになったのですか、功一様」

「まさか……中二じゃないんだぞ」

「うそです。今、いきそうになりました」

「なんだとっ」

思わず、功一は勃起《ぼっき》したペニスでマドンナの頰《ほお》を張った。

さすがにまずい、と思ったが、違っていた。

甘い声を洩らし、美瑠はペニスビンタをうっとりとした表情で受け止めている。

「あんっ」

「生意気な口をききやがってっ」

功一はぴたぴたと右の頬をペニスで張り続ける。ぴたっ、とペニスが頬に当たるたびに、美瑠は、あんっ、と甘い喘ぎを洩らす。

ペニスでビンタされて感じるなんて、やはり、どマゾだ。

「時々、生意気な口をきくよな、美瑠」

「ああ、申し訳ありません。もっと、美瑠を叱《しか》ってください、功一様」

叱られたくて、わざと言っているのか。よくわからない。

「ほらっ、咥《くわ》えろっ」

功一自ら、ペニスでマドンナの口を塞《ふさ》いでいった。一気に喉《のど》まで塞ぐ。

「うっ、うぐぐ……」

美瑠は噎《む》せつつも、しっかりと喉で受け止める。それだけではなく、頬を窪《くぼ》め、吸いはじめた。

「ああっ」

声をあげたのは、功一の方だった。

喉まで入れたペニス全体を吸われ、腰をくねらせる。

「あん、あん……」

またも情けない声をあげてしまうが、仕方がない。気持ちいいのだ。

美瑠の美貌が真っ赤になっていく。息が苦しそうだ。それでも、美瑠の方から口を引いたりはしない。

功一も引かない。むしろ、喉を突いていく。

「うぐぐっ」

美瑠が瞳を開き、なじるように見上げる。が、その瞳がさらに潤んでいることを知る。感じているのだ。

はあっ、と美瑠が唇を引いた。どろりと唾液を垂らし、はあはあ、と深呼吸をする。が、すぐさま美瑠の方から咥えてきた。ずずっ、と根元まで呑《の》み込んでくる。

「ああっ……」

またも、功一が声をあげる。この勝負、責めているはずの功一が負けている。

美瑠は根元まで咥えたまま、強く吸ってくる。

「あ、ああ……」

出そうだった。ここで出してはだめだ、と功一は懸命に我慢する。すると、美瑠が唇を動かしはじめた。

じゅるっと唾液を塗《まぶ》しつつ、上気《じょうき》させた美貌を上下させてくる。

「あっ、あああ、あんっ、あんっ」

情けない声が止まらない。腰のくねりが止まらない。

まったく立場が逆転していた。口を犯されていたはずの美瑠が、フェラ責めで童貞男を圧倒していた。

出る、と教えた方がいいのか。はやく教えないと、このまま口に出してしまう。

「うんっ、うっんっ……うんっ」

美貌の上下が激しくなる。

このまま、口に出させようとしているのか。口に俺のザーメンが欲しいのか。

「ああ、出るっ」

と叫んだ瞬間、美瑠が思わぬ行動に出た。

さっと唇を引いたのだ。口の粘膜から出た瞬間、功一は射精していた。

「おう、おうっ」

雄叫《おたけ》びをあげつつ、びゅびゅっとザーメンを飛ばした。それはもろに、マドンナの美貌を直撃した。

美瑠は一瞬だけ美貌を歪めたが、すぐにうっとりとした表情になり、功一のザーメンを顔で受け続ける。顔で受けるために、直前で唇を引いたようだ。

なんてどマゾ女なんだ。

顔面射精を受けた美瑠の美貌はエッチ度が数百倍増していた。ザーメンを浴びて穢れるどころか、さらに美貌に磨きがかかっていた。

どマゾゆえに、ザーメンは飾りなのか。

「あ、ああ……ああ……いく……」

顔に浴びつつ、美瑠がいまわの声をあげていた。

顔射されて、いったのだ。

なんてどマゾだ。

脈動が鎮まった。美瑠の美貌はザーメンまみれとなっていた。額や小鼻、目《ま》蓋《ぶた》や頬や唇、そしてあごからどろりどろりとザーメンが垂れている。

「美瑠……」

「ああ、画像、撮ってくださいますか」

目を閉じたまま、美瑠がそう言う。べったりと目蓋に掛かっていて、目を開けられないのだ。

「画像……そうだな……」

ご主人様に命令するのか、と怒ろうとしたが、そんなことより、顔射されたマドンナを画像に収めることが大事だと思った。

功一は携帯を手にすると、美瑠に向けた。ザーメンは大量で、ＡＶで見る形ばかりの顔射とはスケールが違っている。二十七年童貞だ、という迫力を感じる。

しかも、ザーメンを受けた美瑠の美貌が素晴らしい。完全に、ザーメンが飾りとなっていた。ザーメンを受けることで、あらたな魅力を放っていた。

携帯画面をタップする。すると、シャッターが切れる音がする。その音に、目を閉じたままの美瑠が反応する。

「あんっ」

火の息を洩らし、わずかに開いた唇に、ザーメンが流れていく。

「どうですか、功一様」

「綺麗だ。ザーメンが似合うぞ、美瑠」

「ああ、ドレイだと認めてくださいますか」

「そうだな。俺のドレイだと認めてやろう」

「ああ、ありがとうございますっ。うれしいですっ。ああ、お掃除《そうじ》させてください」

どろりどろりとザーメンを垂らしつつ、美瑠がそう言い、右目を開いた。そこに、ザーメンが流れこむ。

「開けちゃだめだろう」

「ああ、お掃除を」

すぐに瞳を閉じて、美瑠が唇を寄せてくる。功一のペニスはすでに七分勃《だ》ちまで戻っていた。

その先端に、美瑠が舌をからめてくる。

「ああ……」

功一は腰を震わせる。美瑠が唇を開き、咥えてきた。根元まで頬張り、吸ってくる。

「あ、あんっ」

くすぐった気持ちいい感覚に、思わず、情けない声をあげてしまう。が、その情けない声を聞いて、あらたな火が点《つ》いたのか、美瑠は強く吸い上げてくる。

「あ、ああっ、あんっ」

情けない声が止まらない。と同時に、美瑠の口の中で、ペニスがぐぐっと力を帯びてくる。

「ああ、大きくなってきました」

「そうだな」

「うれしいです」

　またも、右目を開いた。ザーメンがどろりと入る。

　功一は拭《ぬぐ》ってやろうとしたが、思いとどまった。

「顔、洗ってきていいぞ」

　と、功一が言う。

「今日は洗いません。このままで帰ります」

「なにを馬鹿なこと言っているんだっ」

「功一様のザーメンを頂いたのです。洗うなんて、ありえません」

　お掃除フェラをしている間に、ザーメンが乾いてきた。ぱりぱりになってい
る。

「ああ、今夜はうれしすぎて、眠れないかもしれません」

　やっと両目を開いた。ザーメンをまったく拭うことなく、脱いだパンティ、パンストをはきはじめる。

　どうやら、今夜はこれで終わりのようだ。

　エッチはないのかっ。

　ペニスは八分勃ちまで戻っている。ここで強く出れば、やれるのではないか。

が、やったら、童貞ではなくなる。それはそれで、危険な気がした。
あまり欲張ると、ろくなことはないだろう。今夜は、これで充分じゃないか。
うじうじ考えていると、美瑠はブラウスにスカートまできちんと着ていた。
顔はぱりぱりのままだ。
「お疲れ様でした」
頭を下げて、美瑠が第一営業部のフロアから立ち去っていった。

第二章　やはりエプロンがいいですか

1

「山鐘興行《やまかねこうぎょう》、取れそうだと言っていたわよね」

「申し訳ありません」

「どういうことかしらっ、村田くんっ」

長谷川由貴課長のどなり声が、第一営業部のフロアに響いている。

これはもう、夕方の恒例行事になっていて、デスクについている社員たちは、顔色を変えることなく、ＢＧＭとして聞き流しつつ、それぞれの仕事をしている。

「申し訳ございませんっ。里見《さとみ》商事の営業に先を越されましたっ」

「なんですってっ」

これには他の営業部員も驚きの表情を浮かべ、由貴課長と功一に目を向ける。

功一は自動販売機の営業をやっていた。飲み物ではなく、軽食の自動販売機を、オフィスの中に置いてもらうことを主目的としていた。今、軽食の自動販売機はニーズがけっこうあって、営業はやりやすいはずだったが、それでも功一の営業成績は芳しくなかった。

しかも、里見商事はライバル会社だった。そちらにかっさらわれては、功一だけの汚点では済まなくなる。

「村田くんっ」

由貴が鬼の形相《ぎょうそう》で、功一をにらみつけている。

これはもう、伝家《でんか》の宝刀《ほうとう》を抜くしかない。

功一は由貴の足下に両膝をつくなり、

「申し訳ございませんっ」

と、フロアに額をこすりつけた。

給湯室《きゅうとうしつ》に向かうと、立花美瑠がやってきた。

「功一様、大丈夫《だいじょうぶ》ですか」

と聞いてくる。

ここで功一様はまずいだろう、と思わず、しっと口に指を当ててみせる。

美瑠は心配そうに功一を見ている。その右目は赤くなっていた。

このことは朝から、第一営業部ではちょっとした話題になっていた。

――マドンナの目が赤いぜ。

――振られて、泣いたのか。

――それじゃあ、両目が赤いはずだぜ。

――そうだな。じゃあ、どうして右目だけ赤いんだ。

皆、謎を解こうとしていたが、もちろん、功一は知っていた。功一のザーメンが右目に入ったからだ。が、そんなこと、口が裂けても言えない。言っても誰も信じない。画像があったが、あれを営業部の連中に見せる趣味はなかった。

「キュンとしちゃいました」

美瑠が言い、両手で胸元を押さえる。

「キュンと……した……」

「はい。長谷川課長にどなられている姿も、いつも見惚《みと》れているのですけど、やっぱり、土下座が最高です。あんな恥知らずな土下座が出来る功一様のザーメンを顔に受けたかと思うと、もう、あそこ、ぐしょぐしょです」

美瑠はうっとりとした表情を浮かべている。

「そもそも、功一様を意識しはじめたのも、土下座姿を見てからなんです」

「そうか」

喜んで良いのか、悲しんでいいのかわからない。

まあ、あの伝家の宝刀が、思わぬ副産物を生んだとも言える。

功一がセットしたコーヒーがいっぱいになった。カップを持ち、コーヒーメーカーから離れる。すると、美瑠がコーヒーをセットする。

その横顔を見ていると、無性にキスしたくなった。

昨晩、マドンナの裸を目にしたばかりか、おま×こも見て、汁まで舐めていたが、まだキスはしていなかった。

顔射をした経験を持ちながら、まだキス未体験だった。

美瑠の唇はやや厚ぼったい。細面《ほそおもて》の品のいい顔立ちだが、唇だけ、セクシーだった。

じっと見ていると、たまらなくキスしたくなる。が、キスを望んでいいのか。

美瑠は俺のドレイなのだ。ドレイとキスするご主人様っているのだろうか。

どうなのだろう。考えてもよくわからない。が、悪手《あくしゅ》を選ぶと、即、終わりになりそうで怖い。

視線を感じたのか、美瑠がこちらを見た。赤い右目が痛々しいが、その理由を知っているだけに、とてもそそる。

「功一様、なにか？」

美瑠が小首を傾《かし》げた。

功一は美瑠のあごを摘まんでいた。そして、気がついた時には、自分の口を美瑠の唇に押しつけていた。

やわらかい、と感じた。

「ううっ」

美瑠が目を丸くさせていた。いきなり功一にキスされて、パニックになっているようだ。

まずいっ。やっぱり、地雷を踏んだかっ、と思ったが、もう、後には引けなかった。唇の感触が良すぎて、キスをやめられなくなっていたのだ。

美瑠は目を丸くさせたままでいる。が、唇を引くことはない。驚きつつも、委《ゆだ》ねている。

舌だっ。舌を舐めたいっ。功一は美瑠の唇を突く。が、美瑠は唇を閉じたままだ。やはり拒《こば》んでいるのか。残念だったが、ここまでか。まあ、マドンナとキス出来ただけでも御《おん》の字ということにしよう。

口を引こうとして、今度は功一が驚いた。美瑠の瞳に涙が溜まっていたのだ。左の白い部分にも、右の赤い部分にも涙があふれてきている。

どうしたんだ。泣くくらい、俺とキスしたくないのか。いや、どうも違うような気がする。喜んでいるのか。泣くくらい喜んでいるのか。

同じ涙でも正反対の意味を持っている。

涙の意味を知りたくて、功一は口を引いた。すると、あっ、と声をあげて、美瑠がその場に崩れていった。

「立花さんっ、大丈夫っ」

仕事中ゆえ、思わず、苗字《みょうじ》で呼んでしまう。

しゃがみこみ、美瑠のほっそりとした肩をブラウス越しにつかむ。

「あ、ああ……私のようなドレイに……キスしてくださるなんて……あ、ああ、身体が震えています」

実際、美瑠の肩は震えていた。

「口を開け、美瑠」

「えっ……」

「おまえの唾《つば》の味を知りたいんだ」

「私の、唾の味……ですか……では、上を向いてください」

「えっ」

今度は、功一がそんな声をあげてしまう。

「唾を差し上げますから」

「い、いや……」

唾そのものが欲しいのではなく、美瑠とベロチューをしたいだけだったが、ドレイ相手にベロチューしたい、とは言いづらい。

「ああ、美瑠の唾なんか、欲しくないのですか」

美瑠が大きな瞳から涙の雫《しずく》を流しはじめる。それは、まさに真珠《しんじゅ》だった。真珠が頬を伝っていた。

これ以上、女を泣かせてはだめだ、と功一は給湯室のフロアにしゃがんだ状態で、上を向いた。

「お口を開けてください」

言われるまま、功一は口を開く。すると、美瑠が功一の顔面の真上に美貌を差し出し、そして、やや厚ぼったい唇を開いた。

どろり、と唾液が垂れてくる。

あ、ああ……美瑠の唾っ。

功一はさらに口を開いて、マドンナの唾液を待つ。どろりと舌腹に乗ってきた。甘かった。なんとも言えず、甘かった。

「どうですか」

「もっとだ、美瑠」

と言う。声が上ずっている。

はい、と美瑠がさらに唾液を垂らしてくる。待ちきれず、功一は舌を差し出していた。そこにどろりとあらたな唾液が落ちてくる。

功一はすさかず舌を口に戻し、マドンナの唾の味を堪能《たんのう》する。

「いかがですか」

上から見つめ、美瑠が聞いてくる。

「旨いぞ」

「ありがとう、ございます……ああ、今、功一様とキスしてしまって……動揺しています……ドレイの分際で、功一様とキスなんて……」

いや、別にいいんだよ。ベロチューしようよ、ベロチュー、と言いたいところだったが、どうもそういった雰囲気ではない。

でも、したい。やっぱり舌をからめたい。

「今度は、俺の唾をやろう」

と、功一は言った。

「えっ……功一様の唾を……くださるのですか」

「そうだ」

功一は立ち上がり、美瑠にキスしようとした。が、その前に美瑠がその場にしゃがみ、美貌を上向きにさせた。

功一を涙を溜めた瞳で見上げ、唇を開いていく。

そうじゃないんだよ、美瑠っ。キスだよ。唇と唇を合わせて、舌と舌をからませるキスだよっ。

「どうされたのですか。やっぱり、ドレイにはくださいませんか」

美瑠が悲しそうな表情を浮かべる。キス出来そうで出来ない功一の方が、泣きたかったが、

「いや、やろう」

そう言うと、唾液を口の中に集める。これが意外と難しい。さっき、どんどん唾液を垂らしてきた美瑠は、こういうことに慣れているのだろうか。いや、唾液を垂らすなんて、日常ではないはずだ。

ようやく唾液が溜まり、どろりと垂らしていく。

すると、美瑠が物欲しそうに見上げてくる。そんな中、功一の唾液が美瑠の口の中に入った。

その瞬間、あっ、と美瑠が声をあげた。いったような顔だった。まさか、唾

液を口に受けただけで、いったりはしないだろうが、それに近いものを感じたようだった。

美瑠はさらに唇を開いて待っている。功一はさらなる唾液を垂らしてやる。舌に触れだけで、また、あっといったような声をあげる。

少なくとも、あそこはどろどろだろう。

廊下から、しゃべり声が近づいてきた。美瑠はさっと立ち上がり、コーヒーカップを手にすると、給湯室から出ていった。

功一は出しそびれた自分の唾液をごくりと飲んだ。不味かった。

2

翌日――午前中、外まわりをして、昼過ぎに会社に戻った。

パソコンを開くとすぐに、メールが来た。美瑠からだった。美瑠のデスクを見ると、こちらをちらりと見て、目が合うと、頬を赤らめた。

えっ、なにっ。これっ、会社に内緒のカップルみたいじゃないかっ。

午前中の営業もぱっとしなくて落ち込んでいたが、頬を赤らめる美瑠を見て、一気に元気になった。

これかっ。これだっ。

よく、家庭を持ったり、子供が出来たりすると、社員のモチベーションが上がると聞くが、彼女いない歴イコール年齢の功一には、いまいち理解出来ずにいた。だが今、幸せな家庭持ちの男性社員の気持ちがわかった。相思相愛《そうしそうあい》の女性がいれば、それだけでやる気が出るのだ。

思えば、彼女いない歴イコール年齢の功一には、そういったモチベーションを上げるものがなにもなかった。だから、駄目《だめ》だったのだ。が、今は違う。

ドレイとはいえ、美瑠がいるぞっ。

メールを開く。

――明日、お休みですよね。功一様のお部屋に伺ってもよろしいでようか。お掃除をしたり、ご飯を作ってさしあげたいのですけれど。

なにっ。美瑠が俺の部屋に来たいだとっ。

功一は興奮して、美瑠のデスクを見る。美瑠のデスクはひとつ向こうの島にある。また、美瑠と目が合う。どうですか、と目で聞いてくる。

功一はうなずいてみせた。すると、美瑠がとびきりの笑顔を見せる。

なんだっ、これはっ。まさしく付き合っている男女じゃないかっ。

しかも、相手はマドンナだ。他の社員に気づかれてしまうかも、とまわりを見るが、三分の一ほどいる社員は皆、パソコンのディスプレイをにらんでいる。

また美瑠から、メールが来た。

――お邪魔した時の服は、やはりエプロンがいいですか。

エプロンだとっ。美瑠が俺のアパートで、エプロン姿を披露《ひろう》するのかっ。

エプロンなら、当然、裸だ。裸エプロンだ。

――裸にエプロンであれば、構わない。

偉そうな文面を送る。するとすぐに、

――わかりました、功一様。

返事が来た。

これで裸エプロン決定である。

功一は思わず、ガッツポーズを決めていた。すると、由貴課長が、

「なにか、決まったのかしら」

声を掛けてきた。

確かに決まった。明日、美瑠が俺の部屋に来て、裸エプロンで掃除をして、料理を作ってくれることが決まった。

「いいえ……」

「でも、すごくうれしそうな顔をしているわよ」

「そ、そうですか……」

同僚の社員は功一など見ていなかったが、由貴課長は見ていたようだ。

どうして。たまたまか。もしかして、美瑠同様、俺が気になるとか……いや、ありえない。絶対ない。

それに由貴課長は人妻である。でも、結婚して五年くらいか。倦怠期《けんたいき》が来ているかもしれない。まあ、倦怠期が来ても、功一なんか興味ないだろうが。

いや、美瑠の例があるぞ。

やはり、美瑠、美瑠のことがあると、何ごともポジティブに考えるようになっていた。美瑠効果か。

また、美瑠からメールが来た。

――どのエプロンがいいでしょうか。

画像が添付してあり、クリックすると、四つのエプロンがディスプレイにあらわれた。白で二種類、黒で二種類。

どれも良かった。美瑠だから、なにを着ても似合うだろう。が、せっかくなら、おっぱいがかなり露出するものがいいと思った。

色は白だ。そして胸元が大胆に開いているものを選んだ。そもそもこれは一枚で着ることは設定していないだろう。下になにか着て、その上にエプロンをつけるタイプだ。

いや、そもそも、エプロンとはそういうものか。

とにかく、ちょっとでもずれたら、乳首が出そうなエプロンを指定する。

――わかりました。功一様。

返事が来た。

やったっ。これで、やれるっ。明日、童貞卒業記念日となるだろう。

なにせ、美瑠が俺のアパートに来て、裸エプロンになるのだ。それで、エッチまでいかないことはないだろう。

「よしっ」

ガッツポーズどころか、声まで出してしまった。

「村田くん、やっぱりなにか決まったのね。なにが決まったのかしら」

由貴課長が聞いている。

「いいえ、なにも……いや、週末の予定が……」

「あら、デートかしら。うらやましいわ」

と、由貴が言い、他の社員たちも、えっ、と功一を見た。

デートっ。これはデートなのか。いや、違う。美瑠はドレイなのだ。俺の部屋に来て、裸エプロン姿になり、世話を焼いてくれるのだ。

でもこれって、客観的に見たら、デートなんじゃないのか。

「あら、図星のようね。うらやましいわ」

と、由貴が言う。

えっ、うらやましい。デートがうらやましいってことか。まさか、俺とデート出来る相手がうらやましい、と言っていることはないだろう。そもそも、由貴課長が営業報告以外で、功一に話しかけてきたことなどなかった。

はじめてじゃないか。

やはり、由貴は俺のことが気になるのか。営業成績最低の俺のことが……。

功一は由貴を見た。すると、由貴もこちらを見ていた。目が合うと、由貴がさっと視線をそらした。

厳《きび》しい表情を浮かべている。いつものどなりつける顔だった。勘違いだったようだ。

帰りの電車の中でも、駅前近くの定食屋でも、功一はずっとにやけていた。

思えば、土日に女の子と会う予定があるなんて、生まれてはじめてのことだった。彼女いない歴イコール年齢だから、当たり前のような気がしたが、彼女ではなくても、女の子の友達と遊びに行ったりすることもあるだろう。

功一の場合、それもまったくなかった。完璧に、パーフェクトに女に縁がなかったのだ。

しかし、土日に女性と会う予定があるというのはいいものだ。

すでに今週の疲れは取れていた。ウキウキ感しかない。世の男たちは、こんな週末を楽しみに、働いているのだろう。

功一だけこれまでハンディを与えられて、仕事をしてきたのだ。

「あら、なにかいいことありましたか」

定食屋の奥さんが、声を掛けてきた。

「えっ……い、いや、まあ……」

この定食屋には、もう三年近く通っているが、配膳《はいぜん》をする奥さんに話しかけられたのは、はじめてだった。

美瑠にはじまり、由貴課長、定食屋の奥さんと、これはモテ期がやってきたのだろうか。モテの連鎖か。

いや、別に話しかけられただけだ。でも、これまではそんなことさえなかったから、功一にとっては奇跡の連続だった。

「いいことあったみたいですね。うらやましいなあ」

人妻は笑顔で、功一を見続けた。

功一はドギマギさせていた。

3

土曜日の朝。功一はほとんど眠れず、明け方とろんとしただけだった。

八時過ぎ、アパートの部屋のチャイムが鳴った。

美瑠だっ、と飛び起きたっ。まずいっ。顔も洗っていないぞっ。

美瑠を待たせるわけにもいかず、功一はTシャツに短パンのままで、ドアまで出た。スコープをのぞいて、目を丸くさせた。

美瑠はすでに裸エプロン姿になっていたのだ。

こんな姿ご近所に見られたら、まずいっ、と功一はあわててドアを開いた。

「おはようございます、功一様」

美瑠が深々と頭を下げた。

すると大胆に開いた襟《えり》ぐりから、豊満な乳房がもろに見えた。乳首も見えていた。

起きてそうそう、美女の乳首を目に出来るとは。

「おはよう。入って」

と功一は言った。失礼します、と美瑠が入ってくる。大きな駕籠《かご》を持っていた。

いきなりの裸エプロンで驚いていたが、美瑠は頭にカチューシャをつけていた。エプロンとそろいの白だ。

美瑠が功一を見つめ、うふふ、と笑う。

「どうした」

「だって、すごい寝癖《ねぐせ》です」

と言って、美瑠がむきだしの腕を伸ばし、功一の髪を撫《な》ではじめる。

いきなり、功一の目の前に、美瑠の腋の下があらわれる。朝っぱらから眼福《がんぷく》だ。

「水で濡らした方がいいです。洗面所はどこですか」

「あ、ああ、こっちだ」

功一はごくありふれた二階建てのアパートの二階に住んでいた。部屋の造りは六畳に台所に、トイレと風呂だ。トイレと風呂が別々なのが、一応このアパートの売りだった。

風呂場の横に小さな洗面所があった。そこに並んで立つ。鏡にふたりが映る。すごい寝癖の冴えない功一と、カチューシャが似合い過ぎる、プリティ過ぎる美瑠だ。まったく恋人同士には見えない。

美瑠が水を手のひらに掬《すく》い、それを功一の寝癖に垂らしていく。そして、押してくる。その間、功一は鏡に映る美瑠の腋の下と、今にもこぼれそうな乳房を見ていた。

「これで大丈夫です」

美瑠が笑顔を見せる。

「カチューシャ、似合うよ」

思わず、そう言った。すると、美瑠が顔を真っ赤にさせて、

「そうですか。うれしいです」

と、とびきりの笑顔を見せた。

ここでキスじゃないのか。キスだ。

が、すうっと口を寄せられない。やはり、ドレイにキスはだめだ、と変に意

識してしてしまう。

「朝食、まだでしょう」

美瑠が聞く。起きたばかりだ、と答えると、

「じゃあ、さっそく作りますね。顔を洗って、歯を磨《みが》いていてください」

そう言うと、美瑠は台所に向かう。

美瑠の後ろ姿を見て、功一は、あっ、と声をあげる。わかっていても、驚く。裸エプロンだから、バックスタイルはなにもかも丸出し状態だった。華奢《きゃしゃ》なラインを描く背中も、ぷりっと盛り上がったヒップも、すらりと伸びた足もむきだしだった。

俺の部屋の前で、よく着替えられたものだ。アパートの廊下は外廊下になるから、外で裸になって、エプロンをつけているのだ。たいしたものだ。

功一が顔を洗い、歯を磨いていると、台所からパンを焼く匂いがしてきた。トースターは持ってはいたが、もう一年以上、使っていなかった。

ああ、なんてことだ。休日の朝食が、マドンナの手作りなんて。ジャーとフライパンを使う音もする。目玉焼きだろうか。

台所をのぞくと、いやでも美瑠のヒップが目に入ってくる。撫でたい。そうだ。漫画やテレビドラマなんかで、料理をしている彼女に、彼氏がよく手を出しているじゃないか。あれだ、あれ。

功一は背後に迫ると、そろりと尻たぼを撫でた。

ぴくっと下半身が動いたが、驚きの声はあげなかった。

功一はそのまま、そろりそろりと尻たぼを撫で続ける。美瑠の尻たぼがぴたっと手のひらに吸い付き、その極上の手触りに、やめられなくなっていた。そうだ。おっぱいだっ。後ろからおっぱいモミモミだ。これも、漫画やテレビドラマでよくやっているじゃないか。いや、やっていたか。まあ、どっちでもいい。功一は左手で尻たぼを撫でつつ、右手を前へと伸ばしていく。

エプロンの脇から乳房をつかむ。

「あっ」

美瑠がぴくっと上半身を動かした。

そのまま手をぐいっと差し込み、豊満な乳房をつかんでいく。

ああ、これが、マドンナのおっぱいかっ。

この前は、おま×こまで見て、顔射までしていたが、意外と普通のことはやっていなかった。そもそも美瑠とは普通の関係ではないからだ。

ぐぐっと五本の指を食い込ませると、奥から弾《はじ》き返してくる。若さが詰まったぷりぷりとした乳房だ。

初おっぱいの揉《も》み心地は想像を凌駕していた。揉んでいるだけで、ハッピーな気分になる。惚《ぼ》け防止にも絶対いいはずだ。

男はおっぱいを揉んでいれば、それだけで生きていけると思った。

フライパンから焦《こ》げくさい臭いがしてきた。

「あっ、焦げてるぞっ」

そう言うと、あっ、と美瑠も声をあげて、あわててガスを止めた。

「ああ、ごめんなさい。焦がしちゃいました」

美瑠が振り返り、泣きそうな顔で言う。

功一はそんな美瑠の唇を塞いでいた。半開きだった唇に舌を入れていく。

「うっ、うう……」

美瑠は前回ほどは驚いた表情は見せなかった。舌をからめると、それに応えてくれる。

功一はマドンナと舌をからめつつ、真正面からエプロン越しに乳房をつかむ。

「う、ううっ」

感じるのか、火の息が吹き込まれてくる。

じかに揉みたくなり、深い襟ぐりに手を入れる。裸エプロンというのは、なんとも都合がいい。触りたいと思ったら、いろいろ脱がさなくて、即、触れる。童貞にはぴったりの衣服だ。

真正面からふたつのふくらみを、ふたつの手で鷲《わし》づかんでいく。劣情を伝えるように、強めに揉みしだく。すると、お椀の形が淫らに変わっていく。

「う、ううっ、うんっ」

さらに強い火の息が吹き込まれてくる。

美瑠の唾液の味はすでに知っていたが、からめていると、濃く感じた。いつの間にか、美瑠の方から積極的に舌をからめてきていた。

乳房から手を引き、口も引いた。

淡いピンクの乳首がつんととがっている。

「乳首、勃っているな、美瑠」

「ああ、恥ずかしいです、功一様」

美瑠がはみ出た乳房をエプロンの中に入れようとする。

「隠すなっ」

そう言うと、はいっ、と美瑠はあわてて乳房から手を引く。

功一は手を伸ばし、とがりきっている右の乳首を摘まむ。それだけで、

「あっ……」

美瑠が敏感な反応を見せる。

「まさか、これだけで感じているんじゃないだろうな」

敏感な反応に昂りつつも、功一はそう言う。

「いいえ……ああ、感じて、いません……」

「本当か」

こりこりところがしていく。

「本当です……あ、ああ……はあっ……」

美瑠は懸命に喘ぎ声を我慢している。その表情がまたそそる。

功一は左の乳首にも手を伸ばした。摘まむ手前で指を止める。摘まれると思っていた美瑠は、えっ、という顔をする。

「どうした」

右の乳首を強めにひねっていく。

「あうっ、うう……」

「痛いか」

「いいえ……痛くありません……」

そうか、と言いつつ、右の乳首をさらにひねる。すると、放《ほお》っておかれている左の乳首がぷくっと充血し、摘まんでくださいと訴えてくる。

功一は右の乳首ばかりを責めていく。

「う、うう……うう……」

眉間《みけん》の縦皺《たてじわ》がたまらない。美人の眉間の縦皺ほど、股間にくるものはない。

「ああ、左も……」

美瑠が言う。

「今、なんて言った」

「なにも、言ってません……う、うう……」

「ドレイの分際で、今、ご主人様に命令しようとしたな」

さらに右の乳首をひねっていく。

「いいえっ……ううっ……あうっ、してませんっ」

美瑠がかぶりを振る。すがるように功一を見つめる目は、とろんと濡れている。功一の責めに、どマゾの血が騒いでいるのだ。

そもそも、アパートのドアの前で裸になり、エプロンをつけているところで、かなり発情していたはずだ。そこに、乳首責め、言葉責めを加えられて、美瑠の身体はかっかとなっているはずだ。

右の乳首から指を引いた。こちらもぷくっと充血している。それを、功一は指でぴんと弾いた。

「あうっ……」

美瑠が上体を震わせた。

さらにぴんぴんと弾く。すると、あんあんっ、と甘い声を洩らしはじめる。

「まさか、感じているのか」

「いいえ……感じてません……」

「じゃあ、おま×こを見せてみろ」

「えっ……」

「感じてなかったら、濡らしていないはずだよな。むしろ、乳首を痛められて、乾いているはずだ。そうだろう」

「は、はい、乾いています……」

美しい黒目で功一を見つめ、美瑠がそう言う。

「よし、見せろ」

はい、と美瑠がエプロンの裾《すそ》をつかむ。そして、台所で裾を引き上げていく。

太腿があらわれる。適度にあぶらの乗った太腿だ。

これだけ見ても、涎《よだれ》ものだ。さらに引き上げられ、いきなり恥部があらわれた。ノーパンだとわかっていても、ドキリとする。

想像を裏切らない品よく生えている恥毛だ。すうっと通った花唇に、美瑠が指を添える。その指は震えていた。

きっと武者震いだ。どマゾにはたまらないはずだ。

なかなか開かない。もう一発、どなられたいのか。第一営業部最低の童貞野郎に、毎日、由貴課長にどなられている功一に、どなられたいのか。

「なにをしているっ。おま×こを見せろ、と言われたら、どこでもすぐに割れ目を開いてみせるんだっ。それが、ドレイだろうっ」

「はいっ、功一様っ」

功一を見つめる美瑠の瞳が輝いている。

が、まだ開かない。割れ目に指を添えたままだ。

もっと、どなられたいのか。それとも、別の刺激を求めているのか。

そうか、乳首だ。俺の命令がきけないのかっ、と左の乳首をひねってほしいのだ。

わかるようになってきたぞ。俺はSなのか。いやMっ気があるからこそ、どマゾの気持ちがわかるのだ。

「なにをしているっ」

美瑠は功一を潤んだ瞳で見つめ続ける。責められた右の乳首より、放っておかれたままの左の乳首の方がぷくっととがっている。

まだ美瑠は割れ目を開かない。期待の目で功一を見つめている。

もっと無視するべきだと思ったが、あんまり無視すると、美瑠がしらけてしまう危険もあった。

「ドレイの分際で、言うことがきけないのかっ、美瑠っ」

とどなりつけ、左の乳首を摘まむと、いきなりぎゅっとひねった。

4

「ひいっ……いくっ」

美瑠は、いきなりいまわの声をあげていた。

功一はそのまま左の乳首をひねり続ける。

「ううっ、い、いく……」

裸エプロン姿の身体を、美瑠ががくがくと痙攣《けいれん》させる。

「乳首だけでいったのか、美瑠」

「う、うう……」

なおも、がくがくと痙攣させている。

乳首から手を引くと、美瑠ががくっと膝を折った。

フライパンを見ると、焦げた目玉焼きが乗っている。すでにパンは焼けて、トースターから出ている。

「立て、美瑠。立って、おま×こを見せろ」

そう言うと、美瑠が功一を見上げ、出来ません、というようにかぶりを振る。

「どうした」

「お、おま×こ……濡らしてしまいました……恥ずかしくて、功一様に見せられません」

「乳首でいくようなスベタだからな」

「ごめんなさい……」

「朝食にしよう」

と言って、功一はいきなり背を向けた。

えっ、と驚きの声が背後からする。

功一は布団《ふとん》を丸めると、空いたスペースにコタツ台を出す。コタツ布団はなしだ。テーブルとして使っていた。

台所から、ジューとあらたにフライパンを使う音がした。あらたな目玉焼きを作っているのだろう。

功一はあぐらをかいて、出来上がるのを待つ。

美瑠が皿に焼けたパンを乗せて、やってくる。一歩、足を運ぶたびに、ゆったりと乳房が揺れて、乳首が見え隠れする。

「パン、どうぞ」

と言って、コタツ台に皿を置く。その時、たわわな乳房が襟ぐりからこぼれ出た。

功一は上体をあげると、むきだしの乳房にしゃぶりついた。さっきひねった左の乳首をじゅるっと優しく吸っていく。

「あっ、ああっ……功一様っ」

美瑠ががくがくと上体を震わせる。かなり感じているようだ。肌は汗ばみ、乳房の谷間から甘い体臭が立ち昇ってくる。

口を離すと、乳首が唾液まみれになっている。

美瑠はそれを見つめ、はあっ、と火のため息を洩らす。そして、背を向け、台所に戻る。

その時、むきだしの尻たぼがぷりっぷりっとうねり、功一はその動きに見惚れる。

今度は皿に目玉焼きを乗せて、戻ってきた。醤油《しょうゆ》差しもいっしょだ。

「なんだ、それはっ」

とどなりつける。

「えっ、目玉焼きにお醤油を、と思って……」

「俺はソース派なんだよっ。ご主人様の嗜好《しこう》も知らないのかっ」

ここぞとばかりに、声を荒らげる。

「ソースを掛けるんですか」

意外といった顔をする。

「なんだ、その顔はっ」

功一は手を伸ばすと、左右の乳首を同時に摘まんだ。そして、ぎゅっとひねる。

「あうっ、ううっ、ごめんなさいっ……」

謝りつつも、美瑠の瞳は輝いている。もっといじめて、と訴えている。

「本気で謝っているのかっ、美瑠っ」

マドンナの期待に応えて、さらにひねりあげていく。すると、

「ごめんなさいっ、ごめんなさいっ、……あ、ああっ、い、いくっ」

と謝りながら、またも、いっていた。

はあはあ、と荒い息を吐きつつ、美瑠が満足そうに功一を見つめる。そして、ソースを取ってきます、と功一に尻を向けて、台所に戻る。

当然ながら、功一のペニスはびんびんだった。朝食を済ませてから、童貞を卒業しようかと思っていたが、もう我慢出来なかった。

功一は立ちがあると、短パンとブリーフを引き下げた。弾けるようにびんびんのペニスがあらわれる。先端は先走りの汁で白い。

美瑠がソースを手に戻ってきた。

「あっ、功一様っ」

見事に反り返ったペニスを見つめ、美瑠が感嘆の声をあげる。

「なにをぼおっと立っているんだ。ご主人様がち×ぽを出したら、ご挨拶《あいさつ》だろう」

「ごめんなさいっ」

美瑠はソースをコタツ台に置くと、仁王立ちの功一の足下に跪いた。

「ご挨拶させて頂きます」

と言って、唇を寄せようとした。

「その前に、もっと謝ることがあるだろう。土下座して謝ることが」

功一が由貴課長の前で土下座する姿にキュンとするなら、美瑠自身も土下座で燃えるはずだと踏んだのだ。

「は、はい、功一様」

膝をついたまま功一を見上げる瞳が輝いている。土下座しろ、と言われて、はやくも感じている。

「勝手に醤油派だと思ったこと、お詫びします。これから、功一様のこと、もっと勉強させてください」

醤油を持ってきて、申し訳ありませんでした、と美瑠は裸エプロン姿で、擦《す》り切れた畳に額を押しつけた。

美瑠のうなじを見て、踏んだらどうなるのか、と思った。土下座しているうなじを足の裏でぐりぐりやるのだ。さすがに、それはやり過ぎか。

でも、美瑠はどマゾなのだ。それに応えてやらないと、つまらない男と去られてしまうかもしれない。それはいやだ。もう、美瑠がいない日々は考えられない。

うなじを踏むのだ。もっと詫びろ、と踏むのだ。

功一はかなり迷っていたが、功一の前からうなじは消えなかった。美瑠はずっと額を畳にこすりつけているのだ。

これは待っているんじゃないのか。うなじをぐりぐりされることを。きっとそうだ。それに応えないと、空気も読めない男と思われる。

「本気で詫びているのか、美瑠っ」

「はい……」

「土下座がわかっていないな」

「えっ」

「土下座というものは、額を強く床にこすりつけるものなのだっ。そこに誠意が出るのだっ。もっとこすりつけろっ」

と言って、功一は美瑠のうなじに足の裏を置いた。まさに置いたというだけだった。美瑠が嫌そうな反応を見せたら、即、引き上げられるようにしていた。

が、美瑠は、はいっ、と返事をして、自ら額を畳にすりつけていく。

よしっ、と功一は足の裏に力を入れる。美瑠のうなじを強く踏んでいく。

「う、うう……」

美瑠が屈辱のうめきを洩らす。

「どうだ。土下座の極意が少しはわかったか」

と言いながら、功一はさらにぐりぐりと踏んでいく。それにつれて、さらにペニスが反り返っていく。

俺はどちらかといえば、Mかも、と思っていたが、もしかして、Sなのか。

「よし、いいだろう。挨拶をしろ」

と言って、うなじから足を上げた。

美瑠は上半身を起こすと、功一を見上げ、

「ご指南、ありがとうございました」

甘くかすれた声でそう言った。功一を見上げる目はとろんとしていた。

第三章　子宮に掛けてくださいますよね

1

「おはようございます、功一様」

と言って、反《そ》り返り続けているペニスに、美瑠が唇を寄せてきた。

我慢汁まみれの鎌首にちゅっとくちづけてくる。

それだけで、功一は腰を震わせる。なんて贅沢《ぜいたく》な時間なのだろうか。朝っぱらから、マドンナの方から功一のアパートを訪ね、裸エプロンに着替えて、今、フェラしようとしているのだ。

「我慢のお汁、お舐めしていいでしょうか、功一様」

うむ、とうなずくと、美瑠がピンクの舌をのぞかせる。それで、鎌首の我慢汁を舐めてくる。ピンクの舌が白く汚れる。それを見るだけで、あらたな劣情の血が股間に集まる。

するとゝ ひくひくとペニスが動く。

「ああ、素敵です」

と言って、裏の筋に舌腹を押しつけてくる。

「ああ……」

情けない声をあげてしまう。が、美瑠がうれしそうにちらりと見やる。

「お咥えします」

そう言うと、唇を精一杯開き、美瑠が鎌首を咥えてくる。見る見る胴体が咥えこまれていく。

「ああ、ああっ……」

たまらず、功一は腰をくねらせる。

エッチだ。そろそろ、エッチだ。童貞卒業の時が近づいてきた。

さて、どうするか。美瑠とは恋人同士ではない。朝食を作ってもらったが、付き合っているわけではない。あくまでも、ご主人様とドレイだ。

だから、恋人たちがやるようなエッチではしらけてしまうだろう。まあ、彼女いない歴イコール年齢の功一は、そもそも恋人たちのやるエッチ自体知らなかったが。まあ、キスして、おっぱい揉んで、正常位で結合という流れだろう。

それはだめだ。それはゆるされない。

「尻を出せ、美瑠」

と言った。いきなりバックから入れることにした。初体験がバック。しかも裸エプロンにカチューシャのメイド相手だ。

彼女いない歴イコール年齢の功一にはふさわしい、倒錯《とうさく》した初体験ではないのか。功一にはお似合いな気さえする。

美瑠は咥えたままでいる。

「なにをしている。尻を出せ」

「功一様……まさか、ドレイ相手に初体験を済ませようとしているのですか」

「まあ、そうだな」

「それはいけません。功一様はもっと素敵な女性で初体験するべきです」

美瑠は充分すぎるいい女だった。

「尻を出せ、美瑠。俺は今、ち×ぽをおま×こに入れたいんだよ。そういう気分なんだ」

「今、入れたい気分、ですか……」

「そうだ。ご主人様というのは、気分のまま、ドレイの穴に入れるものだ」

「そうですね……すみませんでした……ドレイの分際で、また、意見してしまって」

美瑠が頭を下げる。

「尻を出せ。口を動かす暇《ひま》があったら、おま×こを動かせ、美瑠」

「はいっ、功一様っ」

美瑠が膝立ちのまま、身体の向きを変えた。そして、畳の上で四つんばいの形を取っていく。

むきだしの双臀《そうでん》が差し上げられてくる。

美瑠のウエストは折れそうなほどくびれているため、ヒップの逆ハートの形がよりくっきりと見える。

なんともいい尻だった。

功一はそろりと撫で、そしてぴしゃりと張った。

「あんっ……」

さっそく、どマゾのメイドが甘い声をあげる。

「もっと、尻を上げないかっ」

と言って、パ、パンッと景気よく尻たぼを張っていく。

「あっ、あんっ、やんっ」

美瑠は甘い声しかあげない。

「こうですか、功一様」

見事な逆ハート形がぐぐっと差し上げられてくる。

「そうだ。いいぞ」

功一は尻たぼをつかんだ。ぐっと開く。

すると、尻の狭間《はざま》の底に、小さな蕾《つぼみ》が息づいているのが見えた。

尻の穴だ。これが排泄器官なのか。信じられない。

「ああ、今、美瑠のお尻の穴を、ご覧になっているのですね」

「わかるのか」

「ああ、わかります。功一様の視線を、じんじんお尻の穴に感じます」

美瑠の声はさらに甘くとろけていた。肛門を見られて、感じているようだ。

さすがどマゾだ。

「この穴は処女か」

と聞く。

「はい。処女ですっ、ああ、処女ですっ。功一様に捧げるために、処女のままでいましたっ」

美瑠が甲高い声をあげる。

普通、尻の穴は処女だろう。これまでの彼氏がこの穴に興味を示さなかっただけだろう。

「そうか。この穴を欲しいな」

と言った。尻の穴であろうと、マドンナの処女はものにしたい。

「ああ、貰《もら》ってくださいますか」

「そうだな」

と言うなり、功一は尻たぼをぐっと開き、美瑠の尻の狭間に顔を埋《うず》めた。そして、尻の穴をぺろりと舐めた。美瑠の肛門だから出来たことだ。やはり、美人だと肛門でも舐めたくなるものだ。

「ひゃあっ」

美瑠が素《す》っ頓狂《とんきょう》な声をあげた。

恥ずかしいのか、なんなのか、ヒップが逃げるように動く。功一は尻たぼをしっかりとつかみ、ぺろぺろ、ぺろぺろと美瑠の尻の穴を舐めていく。

すると、逃げるような動きがやみ、

「あんっ」

と、はやくも甘い声を洩らすようになった。さすがどマゾだ。もう尻の穴でも感じている。そもそも、どマゾゆえに、肛門では感じると踏んでいたのだ。

なにより、綺麗だった。こうして舐められるために、尻の狭間の奥にひっそりと息づいているように見えた。感じないはずがない。

功一はしつこく尻の穴を舐めつつ、右手を前へと伸ばした。クリトリスをそろりと撫でる。

「はあっん」

美瑠が甲高い声をあげた。

「朝っぱらから、そんな声をあげるな。近所迷惑だろう」

「ごめんなさい……ああ、お尻の穴、気持ちよくて」

「開発済みのか」

「いいえ、舐められること自体、はじめてです」

「そうなのか」

「はい。私がこれまでお付き合いしてきた人は、みんな、ノーマルだったんです。功一様のようなヘンタイではありませんでした」

「なにっ、俺がヘンタイだというのかっ」

ぱしっと尻たぼを張る。

「ああ、ヘンタイというのは、私にとって、最上級の褒め言葉なんです」

「そうか」

ドレイにヘンタイと言われて、喜ぶ俺は、やはりヘンタイか。

「だって、ヘンタイじゃないと。肛門なんて朝から舐めません」

「そうかな」

美瑠の菊の蕾が、功一の唾液で絖《ぬめ》光っている。

「そうです。ああ、でも功一様は、私が想像していた以上の御方で……ドレイになれて、とてもうれしいです」

「想像以上。どんな想像をしていたんだ」

聞きたくなかったが、でも聞いてしまう。

「仕事だけじゃなくて、なにもかもだめだめで、ドレイになってもすぐにいやになるかもと思っていました」

「そ、そうか……」

やはり聞かない方が良かったようだ。しかし、俺ってそんなに情けない男と思われていたのか。

「でも、違っていました。相変わらず、仕事はだめだめですけど、でも、ご主人様としてはごりっぱです。今も、美瑠のお尻の穴を舐めてくださるなんて、素敵です」

褒められているのかどうか、わからない。

「この穴は、これからほぐしていこう。毎日、会社でほぐすとするか」

「ああ、会社で……美瑠のお尻の穴を……ああ、ご主人様自ら、舐めてくださるのですか」

「そうだな」

「ああ、処女を捧げる日が楽しみです」

尻の穴がひくひく誘っている。

今日はこの穴に入れるのではない。まずは、おま×こに入れて、童貞を卒業するのが先だ。いくらヘンタイでも、尻の穴で童貞卒業したくない。

我慢汁だらけのペニスを、尻の狭間に入れていく。

「ああ……美瑠なんかで、童貞を卒業していいのですか……ああ、菜々緒《ななお》様とかで、卒業したくないですか」

蟻《あり》の門渡《とわた》りまで進めて、鎌首を止める。

「菜々緒様……」

水上菜々緒。水上商事の社長の一人娘で、功一と同期入社だった。研修もしていた。同じ班になって、研修中はいつもいっしょだったが、いい思い出はひとつもない。いつも軽蔑《けいべつ》されていた気がする。

唯一あげるとすれば、菜々緒はとびきりの美形だったということくらいか。とにかくお嬢様で、悔しいが、なんでもすぐにこなせた。

あれよあれよと出世して、今、営業部の統括《とうかつ》をしている。すでに役員待遇だ。

菜々緒で童貞を卒業。ありえない。天地がひっくり返ってもありえない。

「菜々緒様は憧れなんです。菜々緒様に踏みつけられたら、たぶん、それだけで、いってしまいます」

「そうかもな」

「でも、菜々緒様は、美瑠と同じドレイ気質があります」

「まさか、それはないだろう」

「わかるんです。同じどマゾとして。同じ匂いがするんです」

ドレイから一番遠いところにいるのが、水上菜々緒だった。美瑠と功一をふたり並べて、鞭《むち》を振るう姿は想像出来るが、今の美瑠のように裸エプロン姿で、尻を差し出している姿などまったく想像出来なかった。

「童貞卒業なんて、単なる通過点だ。今、入れたいから入れるだけだ」

そう言うと、功一は鎌首を進めた。とにかく、はやく、入れたいのだ。はやく、おま×こしたいのだ。

鎌首が割れ目に触れた。バックスタイルだと、入口がよくわかった。

童貞卒業に向いている体位だ。

功一はそのまま突いていった。

2

すぐさま、ずぶりと入った。先端が、燃えるような粘膜に包まれる。

おま×こだっ。夢にまで見たおま×こだっ。

功一はそのまま、ぐぐっと突いていく。

「ああっ、功一様っ……ああ、功一様のおち×ぽっ」

美瑠の媚肉は想像以上にどろどろだった。肉の襞《ひだ》がからみつき、くいくい締めはじめる。

「ああ、すごい、ああ、おま×こ、すごいっ」

やはり、おま×こだっ。おま×こが一番だっ。

功一は尻たぼをつかみ、さらに奥まで突き刺していく。

「あうっ、ううっ……入っていますっ、ああ、功一様のおち×ぽっ、ああ、美瑠の中に入っていますっ」

美瑠は上体を伏せていた。ペニスに貫かれているヒップだけを高々と差し上げている。

功一は奥まで突き刺すと、腰の動きを止めた。入れているだけでも、充分だった。先端から付け根まで、熱い粘膜に包まれ、締められている。

これがおま×こだ。ああ、おま×こだっ。

しかも、マドンナのおま×このだ。もう死んでもよかった。いや、死ねない。これが最初で最後ではないのだ。これははじまりに過ぎないのだ。

美瑠をドレイとして満足させている間は、美瑠が離れることはないだろう。そうだ。俺のち×ぽで、美瑠をドレイとして引き留めるんだっ。俺のち×ぽなしでは生きられない牝《めす》にするんだ。

「ああ、大きくなってますっ、ああ、中で、大きくなってますっ」

「ご主人様のち×ぽはどうだっ、美瑠っ」

「ああ、わかりません」

「なんだとっ」

「だって、突いてくださらないから、ああ、わかりません」

年齢イコール彼女いない歴の功一は、入れているだけで満足していたが、入れられている方はそうでもないようだ。

突いて、突いて、よがらせなければ。功一様のおち×ぽ、いい、と言わせるのだ。

功一は抜き差しをはじめる。ぐぐっと鎌首を引くと、逆方向に刺激を受ける。

裏筋を逆にこすられ、功一は腰を震わせる。

すぐに暴発してもおかしくはなかったが、どうにか耐えていた。

割れ目まで引くと、ずぶずぶと埋め込んでいく。

「ああっ、功一様」

「あう、うう……」

肉の襞をえぐっていく感覚がたまらない。よがらせる前に、出してしまいそうだ。

「功一様、心配しないでください」

尻を差し出したまま、美瑠が言う。

「心配って……」

「出しそうなんでしょう」

「えっ……い、いや……」

「だって、はじめてなんですものね。このおち×ぽ、おま×こに入れるの、はじめてなんですものね」

「そうだな……」

事実だとしても、あんまり何度もはじめてと言ってほしくはない。

「じゃ、すぐに出したくなるのは、恥でもなんでもないですから。ああ、それに恥をかく功一様こそ、萌えます」

そうか。俺のち×ぽでよがらせまくろうとしたが、そんなことよりも、早く出して恥をかいた方が、美瑠は喜ぶのだ。よがらせることも出来ずに、勝手に出すような情けない男とエッチしている自分に、どマゾの美瑠は燃えるのだ。

よしっ、このままひとり勝手に撃沈だっ。

開き直り、抜き差しをはやくする。ずどんずどんと爛《ただ》れた媚肉を突いていく。

「あ、ああっ、すごい、すごいですっ……あ、ああっ、いい、いいっ」

いきなり美瑠が歓喜の声をあげる。裸エプロンになった時から、ずっと前戯を受けているような感じなのだろう。

「ほら、ほらっ」

調子に乗って、突きまくる。

「いい、いいっ、功一様っ」

「ああ、出そうだっ」

「えっ……も、もう、ですか……」

「出していいんだろう」

「えっ……でも、もうですかっ」

美瑠が振り向き、どうして、という目を向けた。すぐに出してもいい、と言いつつも、まさか、こんなにすぐとは思っていなかったのか。

その目で、功一は暴発させた。

「おう、おうっ！」

近所に響き渡るような雄叫びをあげて、功一は射精していた。ティッシュでも、顔でもなく、おま×この中にだ。

「おう、おう、おうっ」

雄叫びが止まらない。脈動が止まらない。

「あ、ああ……」

ようやく、鎮まると、功一は我に返った。これが初体験か。単なる通過点に過ぎないと言ったものの、やはり記念のエッチなのだ。

それが、美瑠の、えっ、とう目で勝手にいって終わりなんて……。

小さくなったペニスが、美瑠のおんなの穴からザーメンと共に抜けた。

「大きくしろっ、すぐに大きくするんだ、美瑠っ。すぐに二回目だっ」

と叫び、畳に尻もちをつく。

「はい……」

美瑠は身体の向きを変え、功一のペニスを見つめる。すっかり縮みきったペニスを見て、ふふ、と笑った。

「なんだ、その笑いはっ」

「なんでもありませんっ、すぐに大きくさせますからっ」

と言うと、股間にしゃぶりついてくる。ペニスが根元まで咥えられ、じゅるっと強く吸い上げられる。

「ああっ……あんっ……」

出した直後のペニスを思いっきり吸われ、くすぐった気持ちいい感覚に、功一は腰をくねらせる。

「うんっ、うっんっ、うんっ」

美瑠は懸命に吸ってくる。すると、ぐぐっ、ぐぐっと力を帯びはじめる。やはり、ち×ぽも初体験がこれじゃねえ、と思ったのではないか。

二発目でよがらせ、挽回《ばんかい》しようと、勃起度を上げていく。

童貞を卒業してはじめて、これで良かったのか、と急に後悔がこみあげてきていた。ドレイ相手に卒業するなんて、良かったのか。でも、相手はマドンナなのだ。

口さえろくにきいていない相手だ。なにを贅沢なことを言っているのだ。こうして、美瑠のおま×こに入れて、出しただけでも、充分ではないか。

いや、だめだ。これではだめだ。よがらせるのだ。功一様のおち×ぽ、素敵っ、と突かれている時に言わせるのだ。

「あっ……」

股間から声がした。見ると、見事な勃起を遂げていた。

「ああ、もう、こんなに……すごいです、功一様」

「当たり前だ。エッチはこれからだ。ほら、跨《また》がってこい」

と言って、功一はTシャツを脱ぎ、全裸になると、コタツ台の横に仰向《あおむ》けになった。

ザーメンから美瑠の唾液に塗りかわったペニスが天を向いている。

いいぞ。はやかったな。二度目だから、大丈夫だ。思い出のエッチにしよう。

美瑠が裸エプロンのまま、功一の腰を跨《また》いできた。エプロンはつけてはいるが、たわわな乳房はこぼれたままだ。

美瑠がペニスを右手で逆手でつかみ、腰を落としてくる。

「入れる前に、なにか言うことがあるだろう、美瑠」

「ごめんなさい……ああ、また、すぐに入れてくださって、うれしいです。ドレイに二度もなんて、うれしすぎます」

と言うと、割れ目を鎌首に押しつけた。

ちゃんと功一に結合部が見えるように、左手でエプロンの裾をたくしあげていた。気の利くドレイだ。

割れ目が開いた。ぱくっと功一の鎌首を咥えてくる。

そのまま、呑み込んできた。

「あうっ……うんっ」

功一と美瑠が同時にうめき声をあげる。びんびんになったペニスは瞬く間に、美瑠の中に入っていった。

またも、先端から付け根まで燃えるような粘膜に包まれる。二度目ということもあり、ちょっとだけ余裕が持てた。ほらっ、と功一から腰を突き上げる。

「ああっ、それっ」

美瑠があごを反らし、豊満な乳房を揺らす。

功一はほらほらっ、と腰をさらに上下させる。すると、乳房がゆったりと揺れる。

が、美瑠は受けてばかりはいなかった。すぐに、美瑠の方からも股間を上下させはじめる。

功一の上下動と相乗効果を呼び、いきなり激しい摩擦《まさつ》を呼ぶ。

「ああっ、それ、それっ、だめだよっ」

とはやくも、功一の方が情けない声をあげてしまう。

なんて腰遣いなのか。女性上位は女の方から腰を使うから、エッチの熟練度がわかるというが、美瑠の腰遣いはAV女優並だった。

功一の股間で、ぐるんぐるんと腰がうねるのだ。うねる間に、上下にも動き、功一のペニスが翻弄《ほんろう》されている。

「あ、あんっ、ああっ」

声をあげているのは、功一の方だ。

美瑠は腰のうねりを続ける。たぷんたぷんと乳房が弾んでいる。

「ああ、はあっ……ああ……」

「ああ、お、おっぱいを……揉んでくださいませんか」

美瑠がかすれた声で、そう言う。

おっぱいか。そうか、突きながら、おっぱいを揉むのか。

「ドレイの分際で、またおねだりか」

これまでなら、ごめんなさい、と美瑠は謝っていた。

3

が、違っていた。

「揉んでっ、ああ、どうして、揉まないのっ」

と叫ぶ。すみません、と功一はあわてて上体を起こし、豊満なふくらみをむんずとつかんでいく。

「ああっ、腰が止まっているわっ」

すみません、とあわてて突き上げていく。

「あうっ、うんっ」

乳房を揉みながらの突きは、功一にも強烈な刺激を呼ぶ。

乳房を揉む気持ちよさに加えて、おま×この締まりがさらに強烈になっている。

「ああっ、もっと、強く、揉んでっ」

美瑠がねだる。ずっと、功一の責めを物足りなく感じていたのだろう。裸エプロンで昂っているだけに、余計《よけい》、力強い責めが欲しくなったのだろう。

「ああ、腰をもっと動かしてっ」

やってみてわかったが、上体を起こしながら突き上げるのは、なかなか難しい。なにせ、さっき童貞を卒業したばかりなのだ。オナニーだけやってきた身には、腰遣いは難易度が高い。

功一はここでひらめいた。このまま押し倒して、正常位で突いたらどうだ、と思った。そうすれば、突きやすくなるし、揉みながらも出来る。

功一は乳房をつかんだまま、上体を美瑠の方に倒しはじめた。

すると、美瑠が腰を激しく上下に動かした。おんなの穴が垂直にずずっ、と動く。

「ああっ、それっ、ああ、それだめっ」

功一はまたも、出そうになった。

美瑠は激しく上下に動かし続ける。蜜壺全体で、功一のペニスを貪《むさぼ》り食ってきていた。

「突いてっ。よがっていないで、もっと突いてっ」

「あ、ああっ、出そうだよっ。突くと出るよ」

「うそっ、また、出るのっ」

「だって、気持ちいいんだよっ。ああ、おま×こも、おっぱいモミもっ、ああ、オナニーとは比《くら》べものにならないんだよっ」

気持ちよすぎて、功一は泣いていた。泣きながら、腰を動かしていった。

するとすぐに、射精しそうになる。

「ああっ、止めてっ、おま×こ、止めてっ、美瑠さんっ」

美瑠をさん付けして呼んでいた。

美瑠は構わず、股間を上下し続けた。

「出るっ！」

と叫ぶと、はやくも、二発目のザーメンを美瑠の中にぶちまけた。

「あっ、い、いくっ」

突きは物足りないようだったが、ザーメンを子宮に浴びると、美瑠はいっていた。

おうおう、おうっ、と二発目がうそのように、功一は大量の飛沫《しぶき》を噴出する。

「あう、うんっ……いく……」

美瑠はがくがくと上体を震わせ、そして、功一の方に倒れてきた。座位でつながったまま、美瑠の身体を抱き止める。汗ばんだ乳房が、むにゅっと功一の胸板に押しつけられた。

「ああ、功一様の……飛沫が凄《すさ》まじくて……ああ、子宮に受けながら……いってしまいました」

美瑠が恍惚《こうこつ》の表情で功一を見つめてくる。

俺のち×ぽでいかせたことになるのか。いや、ち×ぽではなく、飛沫か。

「ああ、やっぱり、二十七年溜めていたからザーメンもすごいんですね」

「そうだな……」

「ああ、もっと欲しいです。もっと、美瑠の子宮に掛けてくださいますよね。もっと、美瑠をいかせてくださいますよね」

「ちょっと休もうか、朝食済んでいないし」

「ああ、そうですね。パン、かさかさになってしまいましたね。また、新しいのを焼いてきます」

そう言うと、美瑠は座位の上体から立ち上がっていった。

萎《な》えつつあるペニスが、大量のザーメンと共に美瑠の穴から出てきた。

「ああ、すごいな……」

マドンナの中に、続けて二発も出したんだ、とあらためて感動する。

美瑠は立ち上がると、冷めたパンを乗せた皿を手に、台所に向かっていく。

尻の狭間から、ザーメンが垂れて、太腿の内側を流れていくのが見えた。

ああ、なんて眺めだ。あのザーメンは俺が中出ししたザーメンなんだぞ。

そうだっ、記念だっ。記念の画像を。

携帯を手にすると、ぱしゃりと撮った。


功一はあらたに焼いたパンを食べていた。が、どうも落ち着かない。

あぐらをかいている功一の股間に、裸エプロンにカチューシャをつけたままの美瑠が、上気させた美貌を埋めているのだ。

功一が食べ終わったら、すぐに三回戦に望むべく、大きくさせようとしていた。実際、すでに七分勃ちまで戻っていた。

あんなに大量に出したはずなのに、美瑠にしゃぶられるとまた大きくなるのだ。

目玉焼きを口に運ぶ。なんでもない普通の目玉焼きだったが、舌がとろけるように旨かった。もちろん、美瑠が作ったからだ。パンも絶品だった。美瑠がトースターに入れたからだ。

「コーヒー、いかがですか」

股間から美貌を上げて、美瑠が聞く。唇が唾液で絖っている。

「もらおうか、美瑠」

二発目をすぐに出しそうになった寸前、さん付けで呼んでしまったが、ザーメンの勢いで見事いかせた後は、また、呼び捨てに戻っていた。

「はい、功一様」

美瑠が立ち上がり、台所へと向かう。

何度見ても、尻のうねりに見惚れてしまう。飽きることがない。

コーヒーのいい薫りが漂ってくる、と同時に、美瑠がコーヒーカップを手に戻ってくる。

今度は、エプロンからあらわになったままの乳房の揺れに目が向かう。

「どうぞ」

と、コタツ台に置く。

そして、再び、功一の股間に美貌を埋めてくる。八分勃ちまで戻ったペニスが、美瑠の口の粘膜に包まれる。

「うう……」

腰を震わせつつ、食後のコーヒーを飲む。彼女にしゃぶらせながら、食後のコーヒーを飲むなんて、最高のシチュエーションじゃないか。

「うんっ、うっんっ」

美瑠の美貌の上下がにわかに激しくなってくる。

「あ、ああ、どうした、美瑠。そんなにしたら」

「ああ、美瑠もミルクを飲みたくなってきました。朝食として、くださいませんか」

「えっ、口に欲しいの」

「はい……お口で頂いた後、また、おま×こにもください」

美瑠がぽっと頬を染める。

「そんなに、勃つかな……」

「えっ、美瑠で勃たないなんて、あるんですか」

「いや、ないよ。あるわけないだろう」

功一はあわてる。美瑠はドレイだったが、プライドはあるようだ。いい女としてのプライドだ。私相手なら、四発、五発は難なく出来るはずだ、と思っているのだ。

しかも、功一は出すのがはやい。四発五発は当然だろう、ということか。

美瑠が咥えてくる。すぐさま、激しく美貌を上下させる。

「ああ、出るよっ、いいんだねっ、口に出していいんだねっ」

「う、うんっ」

深々と咥えたまま、美瑠がうなずく。

「あ、ああっ、また、また出るっ」

今朝、三発目だったが、またも、功一は吠《ほ》えていた。もう出す時に、吠えるくせがついてしまった。吠えないと、出した気がしなくなるかもしれない。

「う、うぐぐ……うう……」

美瑠の口の中で、脈動している。三発目なのに、大量のザーメンを放っていた。今度は子宮ではなく、美瑠の喉を直撃している。

「うう、うう……」

美瑠は喉で受けつつ、いったような表情を見せた。まさか、喉でもいけるのか。

脈動が鎮まると、美瑠が根元から吸い上げてきた。

「ああっ、あんっ」

またも、功一は腰をくねらせてしまう。

美瑠が唇を引いた。ザーメンで汚れているはずだったが、すでに、美瑠の唾液に塗りかえられている。

美瑠は唇を閉じている。ザーメンがあふれないようにだ。これから、ごくんするのだ。ごくんの瞬間を、功一は目を凝らして見つめる。

美瑠が瞳を閉じた。そして、喉を艶《なま》めかしく動かした。一度ではなく、二度、三度とごくんする。

そして、唇を大きく開いて見せた。思わず、功一はのぞきこむ。

そこはピンクに統っていた。大量のザーメンをぶちまけたはずだったが、一滴も残っていなかった。

「すごく美味しかったです。ご馳走《ちそう》様でした」

美瑠は礼を言うなり、よたび勃たせるために、すぐさま、またしゃぶりついてきた。

4

「私だって、週明けから、怒鳴りたくないのよ。わかるでしょう、村田くん」

「申し訳ございません」

功一は由貴課長の前で、直立不動で立っていた。

今日は、功一が担当しているお得意先が、ライバル会社の里見商事に契約をかえたいと言い出し、その報告をしていた。当然のことながら、由貴課長は怒っていた。

それはそうだろう。新規を取ってくるどころか、お得意様まで失おうとしているのだから。

功一は頭を下げつつ、ちらりと、美瑠を見る。やはり、うっとりとした顔で、どなられている功一を見つめている。

「とにかく、阻止するのよ、なにがなんでも里見商事に取られてはだめっ。わかっているわねっ」

「はいっ」

深々と頭を下げて、功一はフロアを出た。

トイレに向かう。用を足そうとしたら、背後から、

「功一様、こっち」

と、声を掛けられた。振り向くと、美瑠が男子トイレに入ってきていた。

「美瑠、なにをしているんだ」

「こっちです」

個室から手招きする。功一はあわてて、個室に入った。

するとすぐに、美瑠がキスしてきた。ぬらりと舌をからめてくる。

「う、うう……うう……」

火の息と甘い唾液を注ぎ込んでくる。とにかく、美瑠は積極的だった。取引先を取られそうになっている功一を見て、かなり興奮しているようだ。

唾液の糸を引くように、唇を離す。

「ああ、それで、どうするんですか」

「えっ」

「取引先、守れるんですか」

「いや……どうだろう……」

美瑠がスラックス越しに股間をつかんできた。もちろん、濃厚キスで勃起していた。

「ああ、すごく硬いです。今、いいですか」

「えっ、なに言っているんだい」

「ああ、功一様が長谷川課長にどなられている姿を見ていたから……ああ、こんな最低な男性社員に……ああ、休日、五発も中出しされた私のことを思うと……ああ、おま×こが疼《うず》いて変になりそうなんですっ」

そう言うと、美瑠はスラックスのベルトを弛《ゆる》め、フロントジッパーを下げると、ブリーフと共に下げていった。

休日、功一は確かに、美瑠相手に五発も中出ししていた。口にも一発出しているから、計、六発も放っていた。

しばらくエッチはいい、と思っていたが、美瑠にトイレでキスされると、それだけで、びんびんになってしまう。悲しい男の性《さが》だ。

美瑠がスカートをまくった。

股間を見て、あっ、と声をあげる。

美瑠はパンストだけで下半身を覆《おお》っていた。しかも、パンストの股間に当たっている部分だけ、穴が空いていたのだ。美瑠が空けたのではなく、そういうデザインのパンストだった。

「なんだ、それは」

「功一様が、ドレイはいつでも、すぐに穴を出せるようにしておくように、とおっしゃっていたから」

そんなこと言ったような気もするが、まさか、本当にやってくるとは。

「功一様の言いつけを守って、いきなり、役に立ちそうです」

美瑠は反り返っているペニスをつかむと、トイレの個室の中で立ったまま抱きついてきた。

先端がぬらりとした粘膜に包まれたと思った次の瞬間、ずぶずぶとぬかるみの中に入っていった。

「あうっ、うんっ」

美瑠があごを反らし、うめく。

「しかし、あれだなあ。村田はやばすぎるよな」

「そうだな」

いきなり男性社員の声が聞こえてきた。第一営業部の連中だ。

おま×こがきゅきゅっと締まり、功一は危うくうめき声を洩らしそうになる。

それを察知した美瑠がキスで口を塞いできた。

「でもさあ、どうして飛ばされないんだろう」

「これはうわさだけどなあ、お嬢が止めているらしい」

「えっ、お嬢って、統括かい」

水上菜々緒のことだ。

「そう」

おま×こがさらに締まってきた。うう、とうめき声を、美瑠の口に放つ。

「まさか。どうして」

「わからない。理解不能だよ」

「村田が趣味だったりして」

「まさか、それはないだろう」

「いや、お嬢くらいになると、もう、イケメンとか仕事が出来るやつとか、そういった男はつまらないのかもしれないぞ」

美瑠のおま×こが万力《まんりき》のように締まった。声が洩れそうどころか、射精しそうになる。

「まあ、あれだけいい女だからなあ。モテすぎだろうし」

「そうだろう。タイプなんだぜ、そのうち、秘書にするかもな」

「おいおい、うちの会社、危なくなるぞ」

男性社員は冗談っぽく笑いつつ、小用を足して、出ていった。

美瑠が唇を引いた。

「今、納得しました」

「えっ」

「功一様が飛ばされない、配置がえにならない理由です」

「おいおい、真に受けるのかい」

こうしてしゃべっていれば、気が紛《まぎ》れて、どうにか、挿入即発射せずに済んでいた。

「だって、私がそうだから」

と言うと、またキスしてきた。今度は口を塞ぐためではなく、燃える思いをぶつけるためだ。

ねっとりと舌がからみ、唾液が注がれる。と同時に、下の口でもペニスを貪り食いはじめる。

「う、ううっ」

功一はトイレの個室で、身体をくねらせる。スラックスとブリーフは膝まで下げられ、上はきちんと上着を着て、ネクタイも締めている。

「ああ、渡さない……ああ、功一様を……菜々緒なんかに渡さない」

そう言いながら、股間をぐりぐりと功一の股間にこすりつけてくる。

「なにを言っているんだ、美瑠……う、ううっ……お嬢が、俺なんかに……あうっ、うう……興味があるわけないじゃないか」

「ううん。わかるんです。はあっ、ああっ。菜々緒の気持ち、わかるんです」

火の息まじりに、美瑠がそう言う。

美瑠と菜々緒はどちらも美貌といいスタイルといい甲乙つけがたい。ひとつ違うのは、菜々緒はお嬢様ということだ。あの若さで水上商事に君臨している。

「ああ、このおち×ぽ、菜々緒になんか渡さないっ」

美瑠の媚肉がかつてないほど締まった。

特に、鎌首のくびれに肉襞が貼り付き、締め上げてくる。

「う、ううっ、ち×ぽがっ、ああ、ち×ぽがっ」

鎌首がくびれから切り落とされそうな錯覚を感じた瞬間、功一ははやくも暴発させていた。

「おう、おうっ！」

いつも以上の雄叫びをあげて、腰を震わせる。今、トイレを使っている社員がいたら、即ばれだっただろう。

「あっ、いく、いくいくっ」

入れて即出しだけだったが、美瑠もいっていた。

美瑠はしっかりと抱きつき、股間を密着させつつ、白のブラウスと紺のスカート姿の肢体を痙攣させている。

昨日、六発も出したのがうそのように、大量の飛沫が美瑠の子宮に放たれていた。

脈動が鎮まると、美瑠が股間を引いた。ザーメンがスカートにつかないように、裾をたくしあげている。

おんなの穴から抜けたペニスは、すでに、半萎えとなっていた。

美瑠は空いたパンストの穴からザーメンを滴《したた》らせつつ、その場にしゃがむなり、ペニスにしゃぶりついてきた。

「ああっ……」

うんうん、うなりつつ根元から吸われ、功一は個室トイレで腰をくねらせる。

しかし、水上菜々緒が俺に気があるなんて、うわさにしても、ホラに近いだろう。現実離れしすぎているから、逆に、うわさになっているのか。

いずれにしても、あのお嬢が、平社員の、しかもまったく仕事の出来ない俺に関心があるなど考えられない。

いや、でもそうだろうか。美瑠は菜々緒の気持ちがわかると言っていた。今、菜々緒への対抗意識で、懸命にち×ぽを吸っている。

実際、我が社のマドンナＯＬが今、この俺の足下に跪き、お掃除フェラをやっているではないか。これは間違いない事実だ。

菜々緒も美瑠同様、イケメンや仕事が出来る男には飽きているという説は、あながち的外れではない気がする。いや、それは勝手な功一の願望に過ぎない。

やっぱりありえない。

「う、ううっ」

股間で、美瑠がうめいた。唇を引くと、

「今、菜々緒のことを考えていますよね」

と聞いていた。見上げる眼差しには、あきらかに嫉妬の光が宿っている。

「いや、考えてないよ」

「うそ。菜々緒もドレイに出来ると思ったんでしょう」

「お嬢を……ドレイに……」

「おち×ぽは正直なんです。もう、すごくなっていますよ」

確かに、功一のペニスははやくも九分がた勃起を取りもどしていた。

菜々緒もドレイに……菜々緒を、美瑠のように扱う……一日に六発やるっ。

「あっ、お汁が……」

と言って、ひくひく動いているペニスの先端に、美瑠が舌をからめてくる。

ドレイ。菜々緒が俺のドレイ。

先走りの汁が止まらなくなっていた。

第四章　主人にだけは言わないでください

1

数日後――。

「はい。わかりました。村田ですね。はい。連れて参ります。はい、統括。わかりました」

失礼します、と電話を切ると、

「村田くんっ」

デスクから立ち上がった長谷川由貴課長に呼ばれた。

なんでしょう、と由貴のところに行く。

「これから営業部の会議なの」

「はい」

週に一度、菜々緒統括の元に、第一から第五までのすべての営業部長、課長が集まり、会議を開いていた。

「村田くん、水上統括からじきじきのご指名よ」

と、由貴が言う。

「えっ、ぼ、僕がですか。でも、どうして……僕が……」

「さあ。まあ、嫌な予感しかしないけど」

功一はちらりと美瑠のデスクを見た。美瑠は、やっぱりね、という表情をしている。

菜々緒が俺に興味がある。だから、飛ばされることはない。

うわさが真実になるかもしれない、と功一は思った。

第一会議室に、功一ははじめて入っていた。第一会議室は水上商事の中では、一番大きな会議室で、役員がらみの会議が行われていた。ずっと平の功一には、まったく縁のない場所だった。

「では、会議をはじめます」

デスクは円形に配置されていて、テレビでよく見る政府関係の会議のようだった。

第一営業部から順に、先週の報告があり、今週の戦略が報告されていく。統括である菜々緒は、パソコンのディスプレイを見ながら、報告を聞いている。功一はその姿に見惚れていた。

同期入社とはまったく思えない。同い年とも思えない。

菜々緒にはすでに経営者としてのオーラがあった。ディスプレイを見つめる眼差しは、凛《りん》として美しく、惚れぼれとする。

第五営業部の部長の報告が終わった。

「村田くんっ」

菜々緒がいきなり、第一営業部の平社員の名を呼んだ。

「は、はいっ」

あわてて返事をして、立ち上がる。

「そこに出なさい」

菜々緒が円形のデスクの真ん中を指さす。はい、と功一は中央に出た。三百六十度。営業部の部長課長たちから注視される。

「村田くん。里見商事に取引先を取られたそうね」

背筋まで凍《こお》りつくような目で、功一を見つめ、菜々緒がそう言った。山鐘興行が取引先を水上商事からライバル社にかえていた。功一はそれを阻止出来なかった。

「申し訳ございませんっ」

功一は菜々緒に向かって、深々と頭を下げる。

「あなた、我が社に入って五年になるわよね。私と同期だものね」

「はいっ」

「この五年の間、会社に利益をもたらしたことはあったかしら」

「えっ」

「なにかひとつでもあったかしら」

「な、何件かは……新規の契約を結びました」

「そうね。何件かはね」

菜々緒が立ち上がった。そして、円形の中に入ってくる。

菜々緒は黒のジャケットに黒のスカート。そして、白のブラウス姿だった。

ひと目で、高級品だとわかる。そして、それが菜々緒にはよく似合っていた。スカート丈が驚くほど短く、膝上三十センチほどだった。

しかも、生足だった。菜々緒の生足はかなりレアだ。功一はほとんど目にした記憶がない。

眺白い脚線を目にして、目を見開く。つい、見てしまう。

すらりと伸びた生足を伸ばして、菜々緒が近寄ってきた。

こんな時なのに、菜々緒に迫られ、ついつい見惚れてしまう。最低な状況なのに、ドキドキしてしまう。

「里見商事に取られるなんて、笑いものじゃないのっ」

菜々緒が言い、右手を伸ばすと、功一のネクタイをつかんだ。ぐっと引き寄せてくる。あっ、と功一はよろめく。

菜々緒の美貌が迫る。息がかかるくらい間近に、菜々緒の顔がある。

ふと、キスされるのか、と思った。

「あなた、みんなに笑われているのよっ。それでいいのかしら」

「い、いいえ……よくありません……あの、必ず、取り返してみせます」

そう答えると、ハハハッと菜々緒が笑った。

そして足下を指さした。

なにをするのですか、という目で見ると、

「土下座よ、土下座」

と、菜々緒が言う。

はいっ、と功一は迷うことなく、菜々緒の足下に膝をついた。

すると、目の高さに太腿が迫る。生の太腿だ。絖白い肌は、見るからに手触りが良さそうだ。見つめていると、太腿と太腿の間に吸い込まれそうになる。

ふと、このまま太腿と太腿の間に顔面を入れたら、どうなるのだろうか。もちろん、クビだろう。いや、もしかして、そうではないかもしれない。

功一は美瑠がドレイ志願してきたこともあり、ちょっとポジティブに考えるようになっていた。

功一のことが気になっているかどうか試すチャンスだと思った。

「なに、ぼうっとしているの。まさか土下座のやり方を知らないわけないわよね。いつも、長谷川課長の前でやっているそうじゃないの」

詳しい。一平社員について、やけに詳しい。いや、統括部長として、一社員のことまで把握しているのは、仕事熱心ということなのじゃないのか。いや、功一に興味があるからだ。やっぱり、気になっているのでは、と思っていると、脳天に痛みが走った。

じれた菜々緒が功一の頭を踏みつけてきたのだ。

が、それは右足を上げるという行為であり、それによって、スカートのミニ丈がたくしあがることを意味していた。

頭を押さえつけられながら、功一は菜々緒の股間を見上げていた。パンティが見えるかもと思ったのだ。

すると、いきなり菜々緒の恥部が視界に入ってきた。

「うそっ」

あまりに予想外の眺めに、功一は声をあげていた。

菜々緒がさらに強く脳天を押してきた。もっと見たかったが、頭が押し下げられる。

功一の脳裏に、今目にした菜々緒の恥部が焼きついている。菜々緒の陰りは薄く、割れ目はむきだしとなっていた。

「水上統括っ、お詫びするのは私の方ですっ」

背後から、由貴課長の声がした。

えっ、なにっ。

次々と、予想外のことが起こり、功一はパニックになる。由貴課長が隣にやってくると、しゃがんだ。そして頭を踏まれ、額をぐりぐり床にこすりつけられている功一の真横で、由貴も額を床に押しつけてきたのだ。

「申し訳ございませんっ。村田の失態は、上司の私の失態ですっ」

えっ、由貴課長が、俺なんかのために、部長たちの前で土下座をしているっ。

いったいこれはどういうことだっ。

「村田くん、なにか言うことがあるんじゃないかしら」

頭を踏みつけたまま、菜々緒が聞いてくる。

申し訳ございませんっ、と謝ろうとして、功一ははっとした。功一の鼻孔《びこう》をおんなの匂いがかすめてきたからだ。

これは菜々緒のむきだしの恥部からの匂いじゃないのかっ。童貞だったら、勘違いということもあったが、功一はすでに、美瑠のおま×この匂いを嗅いでいた。

その匂いと同じ種類の匂いだった。もう一度、菜々緒の恥部を見たかった。

功一は謝ることなく、額を床から上げていく。

「な、なに……」

「村田くんっ、なにしているのっ」

隣で、由貴が驚く。

功一はさらに頭を上げていく。割れ目からの匂いが濃くなってくる。

ああ、これは菜々緒のおま×こからの匂いだっ。もっと、嗅ぎたいっ。

その一心で、ぐぐっと頭を上げていった。ずっと右足を功一に頭に乗せていた菜々緒が、部下の思わぬ行動によろめいた。

功一は今だ、と顔を上げた。またも、菜々緒の恥部がもろ見えとなった。これは足下に膝をついている者しか目にすることが出来ないものだった。

いわば、土下座者の特権だ。

お嬢の割れ目は綺麗だった。もしかして、処女かも、と思わせる花唇だった。

「村田くんっ、謝りなさいっ」

今度は由貴課長が功一の頭を押してきて、功一の視界から魅惑の恥部が消えた。

2

その夜、功一は居酒屋の個室にいた。差し向かいに座っているのは、美瑠ではなく、由貴課長だった。

第一会議室を出てすぐに、由貴が耳許《みみもと》で、

「今夜、空いているかしら」

と聞いてきたのだ。うなずくと、後でメールするから、と言われた。

そして今、仕事帰りに、ふたりきりで居酒屋の個室にいた。座敷だった。お通しと、とりあえずの生ビールだけがテーブルに乗っている。

「今日は、申し訳ありませんでしたっ。僕のせいで、長谷川課長まで、部長たちの前で恥をかかせてしまって」

功一はテーブルの横に正座をすると、はやくも額をこすりつけた。

すると、由貴がにじり寄ってくるのを感じた。後頭部に手を感じた。叩かれるのか、と思ったが、違っていた。

まるっきり違っていた。

撫でてきたのだ。

えっ、これはどういうことなんだっ。

「いいのよ……村田くんは頑張っているわ……私、知っているから」

「か、課長……」

由貴が功一の髪をつかみ、ぐっと引いた。引かれるまま顔を上げると、由貴の美貌が目の前にあった。

由貴は三十五才の人妻だ。結婚して五年くらいだったか。子供はいないと聞いている。

美瑠が水上商事に入ってくるまでは、由貴がマドンナとして君臨していたらしい。当然、今でも美人だ。知的美人というやつだ。

その美形の顔が、息がかかるほどそばにある。

「あんなところで土下座させてしまって、ごめんなさいね」

「いいえ、そんな……」

「だめな上司ね……」

と言って、由貴が視線をそらす。こんな由貴課長を見るのははじめてだった。

いつもどなられているから、美人だけど怖い、という印象しかなかったが、ため息を洩らす由貴を見ていると、愛《いと》おしくなってくる。

「悪いのは僕です。僕こそ、長谷川課長まで土下座させてしまって、すみません」

由貴が再び功一を見つめた。

あごを摘まれたと思った次の瞬間、唇を奪われていた。

男が奪われるというのも変な表現だったが、まさに奪われていたのだ。あっと思った時には、ぬらりと舌まで入ってきた。

「うんっ、うっんっ、うんっ」

由貴が功一の舌を貪り食ってくる。どろりと唾液が注がれる。人妻らしい、とても濃厚な味だ。

功一もそれに応えていた。ぴちゃぴちゃと淫らな舌音を立て、お互い、うんうん、うなりながら、舌を貪りあった。

はっとした表情になり、由貴があわてて唇を引いた。唇のまわりが唾液で絖光っていて、それを由貴が恥じらいつつ、手の甲で拭った。

「ああ、私、なんてことを……」

自分からキスを仕掛けつつも、由貴は自分がやった行為に戸惑っているようだった。

「ご、ごめんなさい……なんか、村田くんを見ていたら……キスしたくなって、それで……」

今度は功一の方からキスしていった。由貴は一瞬、美貌を引きかけたが、ぬらりと舌を入れると、委《ゆだ》ねてきた。

「うっんっ、うんっ、うっんっ」

またも濃厚なベロチューとなる。由貴の唾液の味は、股間にびんびんくる。

当然、ペニスは鋼《はがね》のようになっていた。

由貴が唇を引いた。

「ああ、ごめんなさい……私、どうかしているの……ああ、このところ、いや、もう三カ月くらい、主人とうまくいっていなくて……」

うまくいっていないイコールやっていないということか。

「なんか、家庭がうまくいっていないのを……ずっと村田くんにぶつけてきたような気がして……ごめんなさいね……なんか、水上統括の前で土下座している村田くんを見ていたら……なぜか、キュンとしたの」

「キュンと……した……」

「そう。だから、居ても立ってもいられなくなって、いっしょに土下座したの。あの時、いっしょに頭を下げながら、疼いたの……」

「疼いた……」

「そう……」

由貴が功一の手をつかんできた。そして、胸元に導く。

今日の由貴はニットを着ていた。珍しかった。豊満な乳房の形がわかり、ドキドキしていたのだ。そこに導かれた。

功一はつかんでいた。どう考えても、つかんで、ということだろう。

「あっ……」

由貴が敏感な反応を見せた。

それに背中を押され、功一はむんずとつかんでいく。

「あっ、ああ……」

由貴が形のいいあごを反らし、火の息を吐く。

うっとりとした表情がたまらない。仕事中の由貴とはまったく違った顔に、ぞくぞくする。

功一はニットとブラ越しに、上司の胸を揉み続ける。

「あ、ああ……疼いて、たまらなくなって……ここにいるの」

そう言うと、由貴がスラックスの股間に手を伸ばしてきた。

「あっ、大きい……ああ、これって、私とキスして……こんなにさせているのかしら」

「はい、課長」

「由貴って、呼んで、村田くん」

「えっ、い、いいんですか」

「いいの。村田くんに呼ばれたいの」

そう言いながら、スラックス越しに勃起したペニスをぐいっと握ってくる。

「ゆ、由貴さ……課長」

さん付けしようとして、思わず、課長と付けてしまう。

「だめ……呼び捨てにして、村田くん」

「い、いいんですか」

「ああ、村田くんに呼び捨てにされたいの。きっと、もっと疼くはず」

スラックス越しのペニスから手を離さず、由貴がそう言う。

あまりに統括に責められる功一を見て、母性本能を揺さぶられ、いっしょに土下座をしつつ感じたと思ったが、母性本能とも微妙に違う気もする。

「ゆ、由貴……」

「はあっ、あんっ」

功一に呼び捨てにされたけで、由貴は火の喘ぎを洩らしている。

「ああ、じかに、揉んで、村田くん」

由貴の方は、あくまでも、村田くん、である。

失礼します、とニットの裾に手を掛けて、たくし上げていく。すると、由貴のお腹があらわれる。

贅肉《ぜいにく》などなく、平らだった。縦長のへそがセクシーだ。

由貴課長のへそを見ただけで、ペニスがひくつく。

「あっ、今、動いたわ」

「由貴のへそを見たからです」

素直に答える。

「ああ、うれしいわ、村田くん……私なんかで、反応してくれるなんて……仕事はだめでも……ああ、もしかして、こっちはすごいのかしら」

由貴はかなり昂ってきたのか、こちらがニットをたくしあげる前に、スラックスのジッパーを下げてきた。そしてすぐさま、空いた隙間《すきま》に指を入れてくる。

そして、もっこりとしたブリーフ越しに、二本の指で挟んできた。

「あっ、課長……」

たったそれだけの刺激でも、相手が人妻上司だと思うと、感度がかなり上がる。

「ああ、じれったいわ」

と言うと、スラックスのベルトを弛め、

「腰をあげて」

課長口調で命じてくる。功一は思わず、はいっ、と返事をして、腰を浮かす。

すると、スラックスをブリーフといっしょに下げてきた。

びんびんのペニスが弾けるようにあらわれる。

「あっ、すごいっ」

感嘆の声をあげて、由貴がペニスを白い指でつかんでくる。

「ああ、課長……」

それだけでも、功一は感激に腰を震わせる。いつもどなられている人妻上司がじかに握っているのだ。

「ああ、素敵だわ、村田くん。こっちはすごいのね。ああ、やっぱり、人って、なにかしら、いいところがあるのね」

そう言うなり、由貴が美貌を下げてきた。あっと思った時には、鎌首が口の粘膜に包まれていた。そしてすぐさま、じゅるっと吸われる。

「あぁっ、課長っ」

由貴ではなく、ずっと課長と呼んでいる。

由貴が唇を引いた。

「美味しいわ、村田くん」

とてもうれしそうな顔で、そう言う。功一相手に、由貴課長がこんな笑顔を見せたのははじめてだ。

由貴はすぐに美貌を下げて、鎌首を咥えてくる。また鎌首が口の粘膜に包まれ、そして今度は、反り返っている胴体も咥えこまれる。

「ああ、ああっ……課長っ」

由貴が唇を引き、

「だめ。由貴って呼び捨てにしてくれないと、あそこが疼かないの」

と言う。そしてすぐに、みたび咥えこんでくる。

「ああ、ああ、由貴……ああ、由貴っ、そんなっ……」

功一は腰をくねらせ続ける。由貴はペニスの根元まで咥えこむと、そのままで強く吸ってくる。

「ああっ、それっ、由貴、それっ」

腰のくねりが止まらない。さすが人妻だ。フェラが抜群に上手い。口の粘膜が、ぴたっと先っぽや裏筋に貼り付いてくるのだ。

ずっと、根元まで頬張っていたが、息継ぎをするように、由貴が唇を引き上げた。唾液が糸を引いたが、それを、部下を見上げつつ、じゅるっと吸う。

なんてエロい顔なんだ。課長も一人の熟れた女なんだな、とあらためて思う。

「まだ脱がせていないのね。やっぱり、仕事はだめね」

なじるように見つめると、由貴が自らの手でニットの裾をたくしあげていく。

胸元で両腕をX字に交叉《こうさ》させ、ぐっと引き上げると、ブラに包まれた乳房があらわになる。

ブラは黒で、ハーフカップだった。豊満なふくらみが今にもこぼれ出そうだ。

なによりやわらかそうで、思わず、指で突きたくなる。

「いいのよ、突いて」

と、由貴が言う。

「えっ、わかるんですか」

「部下の気持ちがわからないと、いい上司にはなれないわ」

さすが由貴課長だ。

功一はこぼれそうなふくらみを、人さし指でつんと突いた。すると、由貴がぴくっと上体を震わせる。

功一はさらにつんつん突いていく。やわらかなふくらみに、指先がめりこむ感覚がたまらない。

つんつん突き、由貴が上体をぴくぴくさせていると、ハーフカップから乳首がのぞいた。

功一の視線を受けて、ぷくっととがってくる。

それを見た瞬間、功一は由貴課長の乳房にしゃぶりついていた。乳首を口に含み、じゅるっと吸う。

「あっ、ああっ」

由貴ががくと上体を震わせつつ、功一の後頭部を押してくる。

菜々緒にうなじを踏みつけられた時のことを思い出し、さらに強く乳房に顔面をこすりつける。

顔面が甘い匂いに包まれる。人妻課長の熟れた体臭だ。

功一は乳首を強く吸っていく。

「あ、ああっんっ……上手よ、村田くん……」

そう褒めつつ、ペニスをつかみ、しごきはじめる。

「う、ううっ」

今度は、功一が腰をくねらせる。

ペニスをしごく手から、欲情が伝わってくる。久しぶりにペニスを握って、かなり昂っているのがわかる。

「ああ、いいわ……童貞じゃないみたいね……童貞かと思ってたわ」

違いますよ、僕には美瑠というドレイがいますよ。

そう言ったら、どんな顔をするだろうか。まあ、信じないだろうが。

功一は息継ぎをするように、顔を上げた。そして、ブラカップを引き下げようとしたが、

「待って」

と言われた。

「なにか頼まないと」

と言って、上半身ブラだけで、しかも、乳首を出したままメニューを見はじめる。

その姿に興奮して、思わず手を伸ばし、ぐっとカップを下げて、たわわなふくらみをつかんでいく。

「あっ、だめよ……待ってて……村田くんも、好きなもの……ああ、ああっ、頼んで」

「僕が好きなものは、課長のおっぱいです。おっぱいを吸えれば、なにもいりません」

「あんっ、そんなこと言って……」

由貴がなじるように功一を見るが、乳モミはそのままにさせている。

功一はメニューを見つめる由貴を見ながら、こねるように乳房を揉みしだいていく。

「はあっ、ああ……」

メニューから美貌を上げて、火の喘ぎを洩らす。

「好きなもの、ありました」

「なにかしら。頼みなさい」

「赤貝です」

「あ、赤貝……あるかしら」

由貴がメニューに目を向ける。

と言って、赤貝の意味がわかったのか、

「ないわね……」

「ここじゃだめ……ホテルでね」

頬を赤らめて、そう言った。

3

功一は生ビールをがぶ飲みしていた。由貴課長とエッチが出来る、と思うと、落ち着かない。

由貴はニットを着ていた。功一もペニスをしまっている。注文の品が来るからだ。

由貴も生ビールをごくごく飲んでいた。由貴も落ち着かないようだ。

お互いはやくしたいと思っているのなら、すぐにここを出てホテルに向かった方がいい気がしたが、注文の品を待っていた。

股間に足を感じて、はっとなった。

由貴が座敷のテーブルの下で、足を伸ばして、スラックスの股間に触れてきていた。

股間を足の先でつんつん突いてくる。

「あっ……課長……」

「だめ、由貴って、呼んで」

そう言いながら、強く足の裏で押してくる。

「ああ、ずっと硬いわね……うれしいわ」

「あんまり突かれると」

「あら、出そうなの。だめよ、出したら」

足を引くかと思ったが、そのまま突き続ける。

「あ、ああ……だめです……」

情けない声をあげ続けていたが、そんな功一を由貴は慈《いつく》しむような目で見つめている。それでいて足の裏で突いている。

「ああ、本当に出そうですっ」

「うそでしょう。童貞じゃないんでしょう」

「童貞じゃないですっ。でも、出そうですっ」

まずいっ、と思った瞬間、失礼しますっ、と襖《ふすま》の向こうから声が掛かった。

刺身盛り、焼き鳥の盛り合わせ、肉じゃが、焼き魚と、一気にテーブルが賑《にぎ》やかになった。

功一と由貴は黙々と食べている。食べ終わらなければ、ホテルに行けないからだ。一秒でもはやく向かうため、功一はどんどん胃に流し込んでいった。

すると、瞬《また》く間に食べ終わった。

「出ましょう」

由貴が立ち上がった。

そして、たった十分後、功一と由貴はラブホテルの一室にいた。居酒屋を出てすぐにタクシーを拾うと、

――一番近いラブホにやってください。

と、由貴が運転手に言ったのだ。運転手は黙ったまま、タクシーを発車させ、三分後にはラブホに着いていた。

「はやく、おち×ぽ出しなさい」

部屋に入るとすぐに、由貴がそう言った。

功一は、はいっ、と返事をして、スラックスのベルトを弛め、ジッパーを下げ、ブリーフと共に下げていった。

「ああ、素敵よ。大きいままなのね」

びんびんに勃起させたペニスを見て、由貴が満足そうに微笑《ほほえ》む。

「お風呂に入りましょう。お湯、おねがい」

と、由貴が言う。はいっ、と功一は上着を着つつ、下半身だけ裸のかっこう

で、風呂場に向かった。ラブホだけあり、浴槽が広い。お湯を出す。勢いよくお湯が出てくる。すぐに溜まりそうだ。

風呂場から戻ると、はっとなった。

由貴はニットとスカートを脱いでいた。黒のブラに黒のパンティ。そして、ベージュのパンスト姿だった。

「ああ、課長……」

普段の怖い課長のイメージしかない由貴の、セクシーなランジェリー姿に、どろりと大量の先走りの汁が出てきた。

それを見た由貴が、すうっと寄ってきて、しゃがんできた。あっと思った時には、ぺろりと先走りの汁を舐められていた。

「ああ、美味しいわ」

由貴がうっとりとした顔をする。

そして立ち上がると、ベッドに向かい、両手をつくと、パンストとパンティに包まれた双臀を、功一に突き出してみせた。

黒のパンティはTバックだった。

「入れて。もう待てないわ」

甘くかすれた声でそう言い、むちむちの双臀をうねらせる。

「は、はい……課長……入れます」

もちろん、即エッチでも功一に異論はない。むしろ、即挿入の方が良かった。

またフェラされたら、そこで出しそうだったからだ。

パンストに手を掛け、むこうとする。

「なにしているのっ」

「えっ……」

「パンストは裂《さ》くものでしょう」

「そ、そうなんですか。い、いいんですか」

「いいとか悪いとかの問題じゃないでしょう。パンストをはいたまま、突きつけられたら、裂くのが礼儀よ」

「そ、そうなんですか……勉強になりますっ」

と言うと、功一はパンストに爪を立てていく。うまいぐあいに裂け目が出来た。そこから引き裂いていく。すると、絖白い肌があらわになってくる。

「あっ、ああっ、だめよ……ああ、替えのパンスト、どうするのっ」

「えっ……い、いや……」

「責任とってよっ」

「すみませんっ」

と謝りつつも、功一はパンストを裂き続ける。そして、尻たぼをそろりと撫でる。人妻の肌はしっとりとしていて、功一の手のひらに吸い付いてくる。

「ああ、なにしているの……」

「えっ……」

「ぶつんでしょう。ああ、パンストを裂いたら、お尻をぶつんでしょうっ」

「そ、そうですね……」

功一は言われるまま、ぱしっと尻たぼを張る。

「あうっん」

由貴が甘い声をあげる。

「もっとっ、もっとっ……浮気をしようとしている由貴を罰してっ」

由貴が言いつつ、ぷりぷりと誘うように双臀をうねらせる。

功一はさらにパンストを引き裂き、尻たぼをもっとあらわにさせると、

「部下とおま×こしていいんですかっ」

と問いつつ、ぱしぱしと尻たぼを張る。

「あっ、あんっ……だめよっ、ああ、部下とするなんて、ああっ、絶対、だめっ」

「こうして、エロい尻を突き出してっ、ご主人に見せてやりたいですねっ」

そう言いながら、なおも、ぱしぱしと尻たぼを張る。

「ああ、だめっ、主人に見せてはだめっ……ああ、なんでもしますから……ああ、主人にだけは言わないでください」

由貴が首をねじって、功一を見る。課長の目には、被虐《ひぎゃく》の光が宿っていた。

由貴課長って、マゾなのか。えっ、美瑠はどマゾだし、課長もマゾとは。

美人っていうのは、Sっぽいが、マゾが多いのだろうか。いや、きっとこのふたりが特別なだけだ。

そして、俺という存在は、美女のマゾの血をなぜか疼かせるようだ。

もしかして、これまで女に縁がなかったのは、マゾの女性と出会わなかった

だけかもしれない。きっとそうだ。実は、俺はマゾ美人にはモテモテなのだ。

「よし。ケツを振れっ。振りながら、功一様のおち×ぽを入れてください、とおねがいするんだ」

功一は美瑠が喜びそうな台詞《せりふ》を告げていた。

「ああ、そんなこと……言えません」

なんだとっ、と声を荒らげ、ぱんぱんっと尻たぼを張りつつ、さらにパンストを引き裂いていく。そして、Tバックをぐっと引き下げた。

むちっと熟れきった人妻課長の双臀があらわれる。絖白いため、すでに、手形の痕《あと》がついている。それがなんともそそる。

「いいケツしてるじゃないか、由貴」

と言いつつ、また、撫ではじめる。叩くより、撫でたかった。この柔肌を、手のひら全体で感じたかった。

「あ、ああ……こ、功一さ……様の……お、おち×ぽを……ああ、由貴のお、おま×こに、入れてくださいませっ」

由貴のおま×こ、という台詞は入れてなかったが、マゾの由貴が勝手にアドリブを入れていた。

「いいだろう。入れてやる」

もっとじらして責めた方が由貴は喜ぶのだろうが、功一は一刻もはやく、由貴に入れたかった。ものにしたかった。

尻たぼをぐっと開くと、尻の狭間に肛門が見える。ここは、肛門に触れておいた方がいい。

「なんだ、このケツの穴はっ」

と言って、そろりと撫でた。すると、

「はあっ、あんっ」

とても敏感な反応を見せた。まさか、この穴も経験済みなのか。

「この穴も、処女じゃないのか」

「しょ、処女です……ああ、功一様、由貴の後ろの処女、貰ってくださいますか」

課長がケツの処女をあげたいと言っている。

「俺なんかでいいのか」

「ああ、功一様がいいです……ああ、仕事がまったく出来ない……なにをやってもだめなのに……ああ、素敵なおち×ぽを持っていらっしゃる、功一様におしりを女にされたいのです」

ディスられていたが、これはすべて褒め言葉なのだ。

「そうか。貰ってやるか」

「ああ、貰ってくださるのですかっ」

由貴の尻の穴がひくひくと動く。尻の穴も喜んでいるようだ。

「いきなりは無理だからな。まずは、おま×こだ」

尻の穴に触れた方がマゾ課長が喜ぶと思って、尻の穴が処女かどうか聞いただけだ。功一の本命穴は、課長のおま×こなのだ。

ペニスを尻の狭間に入れて、突き出していく。

蟻の門渡りを通過すると、はあっ、と由貴が火の息を吐く。

「ああ、功一様のおち×ぽが……ああ、ああ、功一様のおち×ぽが……」

突き出している双臀がぶるぶる震えはじめる。

「動くなっ」

ぱしっと尻たぼを張る。すると、

「うんっ」

軽くいったようなうめき声を洩らす。

「まさか、いったのかっ、この牝課長っ」

「いってませんっ、ああ、いってませんっ」

功一は由貴の割れ目に矛先を向ける。

ぴっちりと閉じている割れ目の左右には、うぶ毛ほどの恥毛があった。だから、後ろから入口は見えていた。

そこに当てる。

4

「入れるぞ」

「ああ、ください、功一様っ」

声まで期待に震えている。

功一は腰を進める。ずぶりと鎌首が課長の穴にめりこんでいく。

「あ、ああっ」

由貴が甲高い声をあげる。

功一はずぶずぶと人妻のぬかるみの中を進んでいく。

「ああっ、あなた、ゆるしてっ……ああ、営業成績最低の部下にハメられてごめんなさいっ」

営業成績最低の部下、と口にした時、媚肉が強烈に締まった。

ううっ、と功一がうなる。

「そうだっ。営業成績最低の部下にち×ぽをぶちこまれているんだっ。どんな気持ちだ、由貴っ」

奥まで貫くと、そのままで、ぱしぱしっと尻たぼを張る。

「あんっ、やんっ……ゆるしてっ、こんなち×ぽでハメられている、由貴をゆるしてっ」

「こんなち×ぽだとっ」

「ごめんなさいっ、功一様っ……ああ、でも、最低なち×ぽに串刺《くしざ》しにされていると思うと……ああ、みじめで、泣きそうで……ああ、おま×こが、じんじんするんですっ」

やはりディスられているのか、なんなのかわからない。

が、ひとつだけはっきりとしていることがある。今、功一のペニスが、由貴課長の中に入っているということだ。しかも、由貴の媚肉はどろどろに濡れて、最低部下のち×ぽをくいくい締めているということだ。

この事実がすべてを物語っている。由貴も美瑠と同じどマゾということだ。

美瑠が由貴課長の足下で土下座する功一を見て、キュンとなったように、由貴も、菜々緒統括の生足の前で土下座する功一を見て、おま×こしたくてたまらなくなったのだ。

「ああ、突いて、ああ、じっとしていないで、突いて、村田くん」

課長口調に戻っている。

「功一様だろうっ。ドレイのくせしてっ」

「あ、ああ……ド、ドレイ……由貴は功一様のドレイなんですね」

おま×こが万力のように締まり、功一は危うく出しそうになる。ぐっと唇をかんで、暴発から逃れる。
「ああ、じっとしていないでください。突いてください」
が、功一は動かない。抜き差しをしたら、即、射精しそうだった。
なにより、つながった形がエロかった。由貴課長の美貌は拝《おが》めなかったが、
バックスタイルが官能美に満ちあふれていた。
なにより、ペニスを呑んでいる双臀がいやらしかった。絖白い肌といい、逆
ハート形の曲線といい、色香の塊《かたまり》といえた。
じれた由貴が自ら動かしはじめた。ペニスに串刺しにされている尻を前後に
動かしはじめたのだ。
奥まで入っていたペニスが抜け、そしてすぐさま燃えるような粘膜に包まれ
る。ぬちゃぬちゃと由貴の恥部から淫らな音が聞こえてくる。
「あっ、ああっ、おち×ぽ、おち×ぽ」
課長の愛液まみれのペニスが、割れ目を出入りする様を見ているだけで、ま
たも暴発寸前だ。
「ああ、やめろっ、出るっ」

「うそっ、一度も突かないで、出すのっ、村田くんっ」

由貴が首をねじって、こちらを見つめた。いつもの課長の怒った目で見られた瞬間、功一はぶちまけていた。

「おう、おうっ、おうっ」

ラブホの隣の部屋まで聞こえそうな雄叫びをあげて、功一は射精する。

「あっ、あ、ああっ……」

由貴の双臀がぶるぶると震える。おま×この中で脈動するたびに、汗ばんだ背中が反っていく。

脈動が鎮まると、ペニスがおんなの穴からザーメンと共に抜けた。

すると、支えを失ったように、あっ、と由貴がベッドに突っ伏した。が、すぐに起き上がり、こちらを見る。功一の顔ではなく、功一のペニスを見つめてくる。

四つんばいのまま迫るなり、ザーメンまみれのペニスにしゃぶりついてくる。

「ああっ」

根元まで咥えられ、吸われ、功一は腰をくねらせる。くすぐった気持ちよすぎて、じっとしていられない。

由貴が唇を引く。

「ああ、おち×ぽは素敵なのに……勝手にいくなんて、エッチも使えないのね」

と言って、由貴が妖しく潤んだ瞳で、功一をにらみあげる。思わず、

「すみません……」

と謝ってしまう。

「ああ、でも、あそこがもっとむずむずしてきたわ。ち×ぽも使えないなんて、もう、絶望しかないわよね」

と言って、半勃ちまで戻ったペニスに、由貴課長が頬ずりしてくる。

「ああ、愛おしいわ……ああ、すぐに欲しくなるわ……お尻、こちらに向けて、村田くん」

と、由貴が言う。

「えっ」

「あなたの汚い肛門を舐めたいの」

「ぼ、僕のケツの穴、ですか」

「そう。舐めたいの。課長の私が、出来の悪い部下のおち×ぽをすぐに勃たせるために、肛門まで舐めようとしているの」

そう言う、由貴の表情は恍惚としていた。

由貴課長にケツの穴を舐められるっ。想像しただけで、興奮する。

「あら、うれしいのね。おち×ぽ、ひくひくしているわ」

「うれしいです、課長」

功一は喜んで、由貴に尻を晒した。由貴が尻たぼをそろりと撫でてくる。ぞくぞくっとしたさざ波が走り、思わず、ぶるっと震わせる。

由貴が尻たぼを開いた。

「まあ、汚い肛門ね」

「そ、そうなんですか……すみません」

「毛だらけよ」

「ああ、すみません……舐めるの、やめますか」

「まさか。汚いからいいのよ……こんな汚い肛門を舐めるなんて……もう、死んだ方がましでしょう」

と言いつつ、ふうっと息を吹きかけてくる。

「あっ……」

息を感じただけで、尻の穴がむずむずする。

由貴が美貌を埋めてきた。ちゅっとキスしてくる。

「あっ、課長っ」

ぬらりと舐められる。ぞくぞくした刺激に、功一は腰をくねらせる。

「じっとしていなさいっ」

ぱしっと尻たぼを張られる。思わず、あんっ、と声をあげてしまう。

「ああ、すごい毛ね。剃《そ》りなさい」

「ケツの毛も、手入れが必要なんですか」

「当たり前でしょう。こうして、女子に見られるのよ」

肛門をまじまじと見て舐めるのは、由貴くらいだろう。

舌先が肛門に入ってくる。と同時にペニスをつかまれた。ぐいぐいしごいてくる。

「あっ、ああ……課長……ああ、気持ちいいですっ」

肛門は想像以上に気持ちいい。なんせ、美人上司の舌が入っているのだ。

「ああ、私も燃えるわ……最低部下の肛門を舐めるなんて……死ぬほどの屈辱なのよ……」

そう言う、由貴の声が甘くかすれている。由貴もかなり昂っているようだ。

なんてどマゾなんだ。

「ああ、すごく硬くなってきたわ。ヘンタイなのね、村田くん」

「えっ……」

「肛門舐められて、こんなにさせるなんて、ヘンタイでしょう」

「は、はい……ヘンタイです」

「なんか、お風呂のお湯、溜まっているみたいね」

由貴が言い、あっ、と功一は風呂場に走る。大きな湯船からお湯があふれていた。

「入りましょう」

裸になった由貴が功一の横を通り、湯船に足を入れていく。その時、割れ目が開き、ザーメンまみれの媚肉がのぞいた。

それを見て、功一は一気に勃起させていた。

「ああ、いいお湯よ」

鎖骨《さこつ》まで湯船に浸《つ》かり、由貴がおいでおいでと腕を振る。

功一は風呂場から出ると、上着を脱ぎ、ネクタイを外し、ワイシャツを脱ぐ。

裸になって風呂場に戻ると、功一はペニスを揺らし、湯船に迫った。

5

「ああ、すごいわ。おち×ぽだけは仕事ができそうに見えるわね」

いらっしゃい、と言われ、失礼します、と功一も湯船に浸かる。するとすぐに由貴が抱きつき、キスしてきた。

ぬらりと舌を入れてくる。ベロチューしたまま、湯船の中で、由貴がつながってきた。

あっ、と思った時には座位で結合していた。ずぶずぶと垂直にペニスが由貴の中に入っていく。

「あうっ、うんっ……硬いわ……すごく硬い」

しっかりと抱きつき、熟れた乳房を功一の胸板に押しつけながら、つながった股間をうねらせはじめる。

「あっ、ああっ、課長っ」

「はあっ、ああ……ああ、いいわ。おま×この中で、大きくなってきているの」

由貴が動くたびに、ちゃぷちゃぷとお湯が波立つ。

「あなたも動きなさい。なに、上司にばかり腰を振らせているのかしら。気が利かないわね」

「すみませんっ」

功一はあわてて腰を上下させる。

「あうっ、もっと強くっ」

はいっ、とバネを利かせて、突き上げていく。

「あ、ああっ、はあっ」

突き上がるたびに、由貴は火の息を吐き、ぐりぐりとたわわな乳房をこすりつけてくる。ちょうど、由貴の乳首と功一の乳首が触れあい、なぎ倒しあう。

「ああ、お湯の中って、じれったいわね」

　出ましょう、と由貴が立ち上がる。功一の目の前に、濡れた恥毛が貼り付く課長の股間が迫る。

　抜いたばかりゆえか、割れ目はまだ鎌首の形に開いたままで、真っ赤に発情したおんなの粘膜がのぞいていた。功一が大量に出したザーメンはお湯の中で洗われていた。

「課長っ」

　功一は思わず、由貴の股間に顔を埋めていた。割れ目を広げ、課長の花びらをぺろぺろと舐めていく。

「あっ、なにっ、ああっ」

　由貴ががくがくと下半身を震わせる。

　たった今まで功一のペニスが入っていた媚肉は、とてもエロい味がした。舐めているうちに、愛液が出てきて、濃密な味に変わっていく。

　功一は口を引くと、すぐにクリトリスに吸い付いた。強く吸っていく。

「ああっ、いいっ、いいっ」

由貴の下半身の震えが大きくなる。とりあえず、このままクリ吸いでいかせようと吸いまくる。

「あ、ああっ、ああっ、だめだめっ」

由貴がいまにもいきそうな声をあげる。

いまだっ、とクリトリスに歯を当て、甘がみしようとした時、あごに膝蹴りを食らった。

ぎゃあっ、と功一はひっくり返り、ざぶんと頭までお湯に浸かった。

「だめ、せっかくおち×ぽがあるのに。おち×ぽでいかなくちゃ、意味がないでしょう」

「す、すみません」

頭までずぶ濡れになりつつ、功一が謝る。

その間に、湯船から出た由貴が、洗い場で四つんばいになった。功一に向けて、むちむちの尻を突きつけてくる。

「ああ、入れて。今度こそ、おち×ぽでいかせて。男なら、おち×ぽでしょう」

そう言って、ぐぐっと双臀を差し上げてくる。

四つんばいになった由貴の真正面に大きな鏡があった。ラブホの鏡らしく、湯気では曇らないようになっている。見ながらのエッチ推奨鏡だ。

これなら、バックから入れても、由貴のよがり顔も堪能出来る。が、そのぶんまた、射精が近そうな気がしたが、さすがに、大丈夫だろう。

「ああ、はやく、おち×ぽで、いきたいの。何度もいきたいの」

何度もか……。

功一にプレッシャーがかかり、ちょっとペニスが萎えかけた。まずいっ、と尻たぼをつかみ、ぐっと開く。すると、尻の穴と恥毛が貼り付く割れ目がのぞく。ふたつの入口を目にして、ぐぐっと勃起度が上がった。

よし、今だっ。

功一は鎌首を進める。すぐさま、ずぶりと突き刺した。

「ああっ」

由貴が鏡を見つめつつ、うめく。

「突いてっ、たくさん突いてっ、村田くんっ」

はいっ、と功一は尻たぼをつかみ、抜き差しをはじめる。

最初から飛ばした。ずどんずどんとえぐっていく。

「いい、いいっ、すごい、すごいわっ。ああ、おち×ぽ、仕事出来るのねっ」

「仕事出来るち×ぽじゃ、感じないんじゃないんですか、課長」

「ううん。大丈夫よ。ああ、もっと、もっと激しくしてっ」

はいっ、と功一は抜き差しをはやめる。ずぶずぶ、ぬちゃぬちゃとペニスが課長のおんなの穴を出入りする。

「ああ、いいわっ、いきそう……ああ、いきそうよ、村田くんっ」

鏡越しに部下を見つめつつ、由貴がそう言う。

「いってください……ああ、でも、僕もいきそうです」

鏡越しに見つめ合いつつのバック突きは、功一にはかなりの刺激となっていた。

「もういくの……いいわ、いっしょにいきましょうっ」

「いっしょに、ああ、いかせてくださいっ」

由貴が鏡から目を離さない。功一の突きで感じている顔を、ずっと見せている。その顔に、功一は興奮していた。

「あ、ああ、出ますっ」

「ああ、もっと強くっ」

とどめを刺すべく、渾身《こんしん》の力で、功一は由貴の子宮を突いた。

「あっ、いいっ」

「おうっ、出る、出るっ」

二発目だったが、はやくも、功一は噴射させていた。

「あっ、ああ、い、いく……」

今度は、由貴もいまわの声をあげて、がくがくと四つんばいの裸体を痙攣させた。

「あ、ああっ、課長っ」

脈動し続けるペニスを、由貴の媚肉がさらに強烈に締め上げてくる。

「ああ、そのまま突いてっ」

由貴が貪欲にねだる。功一は射精しつつ、腰を動かし続けた。

第五章　フェラを代わってくださいっ

1

「えっ、丸山《まるやま》文具も里見商事に取られそうって、どういうことかしらっ」

由貴課長の声が、第一営業部に響き渡る。

「今日、里見商事に変えると言われまして」

「そうでどうしたの」

「もちろん、引き留めましたが……丸山文具の意志は堅くて……」

「なんてことっ」

今日は一段と大きな声が響く。

それはそうだろう。功一が上司でもどなっている。山鐘興業だけではなくて、丸山文具までライバル社に取られそうなのだ。

「山鐘興業の方はどうなの」

「今日も契約をかえないでほしいとおねがいに行ったのですが……」

「ですが……」

功一は由貴課長の前でずっと頭を下げていた。功一は立って、由貴は椅子に座っている。

功一の目の前に、スカートからあらわなふくらはぎがある。ストッキングに包まれたふくらはぎはやわらかそうだ。

功一は由貴が感じはじめていることに気づいていた。太腿と太腿をすり合わせ、腰をもぞもぞさせはじめたのだ。

山鐘興業をライバル社に取られた話を聞いただけで、由貴はあそこを疼かせたのだ。さらに丸山文具まで取られそうだと聞き、そんな部下のち×ぽで四度いかされ、四発中出しされた自分はなんて愚《おろ》かな女なんだろう、とあそこをどろどろにさせているのだ。

今、匂わなかったか。功一は顔を上げて、由貴を見つめる。

あっ。由貴の唇が半開きとなっている。目はとろんとしていた。

「村田くん、ちょっと来なさい」

そう言うと、由貴が立ち上がった。フロアを横切っていく。

他の営業社員は、個室で叱責《しっせき》を受けるであろう功一を、同情と哀れみの目で見ている。

違うんだよ、おまえたち。これから、俺は由貴課長とやるんだよ。叱責ではなく、おま×こなんだよ。

うなじに刺すような視線を感じる。美瑠だ。美瑠はこれから個室で由貴課長とエッチだと気づいているのではないのか。

だって、美瑠自身も今、おま×こはどろどろのはずだ。この情けない男のドレイになっている自分に酔っているはずだ。

功一は振り返らず、フロアから出た。由貴はエレベーターホールに向かっていく。ボタンを押すと、すぐに開いた。空だった。由貴が入る。

「なにをしているのっ。はやく来なさいっ」

怒っているが、その声は艶《つや》めいていた。左右の足をすり合わせている。

功一は走り、エレベーターに飛び込んだ。と同時に扉が閉まり、由貴が抱きついてきた。

あっ、と思った時には由貴にキスされていた。ぬらりと舌が入ってくる。

「うんっ、うっんんっ」

悩ましい吐息を洩らして、功一の舌を貪りつつ、スラックスの股間をつかんできた。もちろん、功一のペニスはこちこちになっていた。

すぐにエレベーターは止まった。扉が開く。由貴は唇を引くと、唾液を啜《すす》りつつ、エレベーターを出る。会議室がずらりと並んでいる。由貴は廊下を奥へと進んでいく。

今日はタイトなスカートだった。むちっと盛り上がった双臀のうねりが、スカート越しに窺《うかが》える。

これから、あの尻から入れるんだっ。仕事中に、会社の中で。

仕事中の美人上司とのエッチ。これは、功一の妄想の中でも最上級のものだった。それが今、現実のものとなろうとしている。

由貴が一番小さな会議室に入った。四人でいっぱいの部屋だ。

功一はそこに向かおうとして、はっとなった。

「美瑠……」

美瑠が功一の足にしがみついていたのだ。

「今から、長谷川課長とするんですよね」

「なに、言っているんだ。これから叱責を受けるんだ」

「うそ……わかるんです。長谷川課長の声、いつもと違っていました。山鐘興業だけじゃなくて、丸山文具まで取られてしまうなんて……ああ、そんな男のち×ぽでよがっていたなんて……ああ、すぐに欲しくなるはずです。だって、私が、今、そうだから」

と言って、廊下の真ん中で、美瑠がスラックスの股間に美貌を埋めてきた。

「なにをするっ」

「ああ、硬い。もう、長谷川課長としているんですね。長谷川課長もドレイ志願しているのですか」

「していないよ。そもそも、課長とはなにもないよ」

「うそです。この硬いおち×ぽが、白状しています。叱責を受けに行くのなら、逆に縮こまっているはずです。大きくさせるなんて、エッチの期待か、どMだけです。功一様はどMではありません。となると、エッチの期待しか考えられません」

見事な推理だ。名探偵になれるだろう。

「会社の中でエッチするわけないだろう。ほら、離れろっ」

「いやですっ」

美瑠はさらにぐりぐりと股間に美貌をこすりつけてくる。その刺激に、功一のペニスはさらに大きくなっていく。

なかなかあらわれない功一にじれたのか、由貴が会議室から顔を出した。

「村田くんっ……なにを……し、しているの……えっ、うそ……立花さんっ、あなた、なにをしているのっ」

由貴課長が顔を見せても、美瑠は股間から美貌を引かなかった。むしろ、ライバルに見せつけるように、強くこすりつけてくる。

「あ、あなたたち、付き合っているのっ」

「いいえ……付き合ってません」

それは事実だった。美瑠は彼女ではなく、あくまでもドレイなのだ。

「じゃあ、どうして、立花さんが、村田くんの……とにかく、そんなはしたないことやめなさいっ」

由貴がどなる。

すると、美瑠がようやく、股間から美貌を引いた。やれやれ、と思っていると、美瑠が由貴の方に向かって歩きはじめた。

「おいっ、立花さんっ」

あわてて功一は追いかける。

「私も中に入れてください」

と言って、由貴を押しやるようにして、美瑠が会議室に入っていった。

すみません、と謝りながら、功一も中に入った。

2

四人でいっぱいの会議室に、由貴と美瑠、そして功一がいる。

由貴が立ち、功一と美瑠が並んで椅子に座っている。山鐘興業だけでなく、丸山文具までライバル社に取られそうになっていることを、叱責している。が、いつもの迫力はまったくなくなっている。

声が甘くかすれてしまっているのだ。しかも、ずっと太腿と太腿をすり合わせている。美瑠がいても、かなり発情しているのがわかる。いや、ライバルの出現に余計、由貴は昂っているようだ。

営業成績最低の男相手によがりまくっていたどころか、そのち×ぽを、会社一のマドンナと争うことになって、余計、どマゾの血が騒いでいるらしい。

「長谷川課長、功一様をどなりつけながら、あそこを濡らしているんですね」

美瑠がいきなり確信をついてきた。

「えっ、立花さん、あなた、なにを言っているの」

声が艶めいてしまっている。

「私はすごく濡らしました。山鐘興業だけではなく、丸山文具まで里見商事に取られるような功一様にお仕えしているなんて……こんな屈辱ないですよね」

そう言うと、美瑠が立ち上がった。今日の美瑠は紺のジャケットに白のブラウス、そしてややミニ丈の紺のスカート姿だった。

そのスカートの裾をつかむと、由貴と功一の目の前で、たくしあげていった。

ストッキングに包まれた太腿があらわれ、パンティが見える、と思った瞬間、

「あっ」

由貴が驚きの声をあげた。

美瑠は今日も、股間だけ空いているパンストをはいていたのだ。もちろんノーパンだ。

しかも美瑠はむきだしの割れ目に指を添えると、由貴に向けて、開いてみせたのだ。

ピンクの粘膜があらわれ、いやっ、と由貴が視線をそらす。もちろん、功一は見入っていた。

美瑠の花びらは大量の愛液にまみれていた。功一の視線を受けて、誘うように肉の襞が蠢《うごめ》いている。

「功一様にどこでもすぐに入れていただけるように、いつも、入口は開けているんですよ。長谷川課長もそうなんでしょう」

割れ目をくつろげたまま、美瑠が由貴に聞く。すると、由貴の美貌が強張《こわば》った。

えっ、まさか、図星かっ。由貴課長も、美瑠と同じパンストをはいているというのかっ。

割れ目丸出しだから、さっき、匂ってきたのか。いや、今も匂ってきている。美瑠からの発情した薫《かお》りだと思っていたが、それだけではない。

「課長も見せてくださいよ」

美瑠が言う。

「た、立花さん……ここから出ていきなさい……これから、村田くんに営業を一から教え直すから……」

「功一様のおち×ぽを入れて頂くのですね」

「なにを言っているのっ。スカート下げなさいっ」

由貴は視線を美瑠に戻し、あらわにされたままの花びらを見つめていた。その瞳は、ねっとりと潤み、輝きはじめていた。

自らの指で開き、同性の上司に花びらを晒している美瑠を見て、感じているのだ。相変わらずのどマゾだ。

「課長のあそこがどんなになっているのか確かめて、濡らしていなかったら、出ていきます。でも、どろどろだったら、同じドレイとして、いっしょに功一様にお仕えします」

「私はあなたのようなへ……ヘンタイじゃないわ……濡らすわけがない。会社にいる時、一度も濡らしたことはありませんっ」

「うそつきっ」

と言うと、美瑠が由貴に迫り、タイトスカートの裾をつかんだ。

「なにをするのっ」

美瑠がタイトスカートの裾をぐっとたくしあげた。

すると、いきなり絖白い太腿があらわれた。由貴は太腿の半ばまでのストッキングをガーターベルトで吊《つ》っていたのだ。

さらにたくしあげると、いきなり下腹の陰りがあらわになった。おんなの割れ目もむきだしとなっている。

「こ、これは」

由貴は股間になにも身につけていなかった。まさにノーパンで、会社に出てきて、業務をこなしていたのだ。

「やっぱりね。おま×こ、見せてもらいます」

美瑠が割れ目に指を添える。股間があらわになった瞬間から、由貴は抗《あらが》うのをやめていた。

その美貌は恍惚としていた。功一と美瑠の前で、恥部をあらわにされて、被虐の快感に酔いはじめているのだ。

美瑠が由貴の割れ目をくつろげた。

真っ赤に発情した媚肉があらわれた。それは、大量の愛液にまみれ、すぐさま、あふれ出して、美瑠の指先を濡らしていった。

「す、すごいっ」

あらわにさせた美瑠の方が驚いていた。

「はあっ、ああ……ああ……」

会社の中で発情したおま×こを晒された由貴は、うっとりとした表情を浮かべている。今、クリトリスをいじればすぐにいってしまうだろう。

功一は椅子から立ち上がると、由貴に迫った。そして、右手を伸ばし、クリトリスを摘まんでいた。その瞬間、

「ああっ、あああああっ」

由貴が叫んだ。その声にあおられ、功一はぎゅっとひねった。

「いくっ、いくいく、いくうっ」

由貴はいきなりいまわの声をあげて、がくがくと下半身をあらわにさせた熟れた身体を痙攣させた。

割れ目は開かれたままで、そこからむせんばかりの牝の性臭が漂ってくる。

功一は由貴のいき顔を、呆然《ぼうぜん》と見つめていた。自分の指でいかせていたが、由貴の美瑠も負けそうなどマゾぶりに圧倒されていた。

圧倒されつつ、さらにひねっていく。

「あうっ、うう……いくいく……」

由貴がぴくぴくと身体を動かす。

「ああっ、課長だけなんて、いやですっ。功一様っ、美瑠もいきたいですっ」

由貴の割れ目から指を引くと、美瑠があらためて自分のスカートをたくしあげていく。功一の視界からは、由貴の恥部は消えていた。が、クリトリスはひねったままだ。

「う、うう、あうっ……いく……」

由貴は続けていきまくっている。美瑠の存在が大きいように見えた。女性の部下に最低な姿を見られて、どマゾの血が沸騰《ふっとう》しているのだ。

スカートの裾は下がったが、そこから、さらに濃いめの牝の匂いが放たれてきている。

「功一様っ、美瑠もっ」

美瑠がむきだしの恥部を差し出してくる。が、功一は美瑠には手を出さない。じらすことが、無視することが、どマゾの快感を呼ぶことを知っているからだ。

実際、美瑠は、功一様っ、と叫びながら、泣いていた。泣きながら、自らの指で割れ目を開き、どろどろの花びらを晒していた。

当然のことながら、功一のペニスは極限にまで勃起していた。我慢汁も大量に出ている。

舐めさせるか、と功一は思った。もちろん、由貴課長だけにだ。

「課長、我慢汁がたくさん出ています。舐めて綺麗にしてくれませんか」

クリをひねったまま、功一がそう言う。

3

由貴は、なに言っているのっ、と拒むことなく、承諾していた。クリトリスから手を引くと、あっ、と由貴はその場に崩れた。

ちょうど由貴の鼻先に、功一の股間があった。

「ああ、功一様」

由貴が、功一を様付けで呼び、恍惚としたままの美貌を美瑠のようにこすりつけてきた。

功一は、ううっ、とうめき、腰を引いた。ブリーフで鎌首を強くこすられ、危うく出そうになったからだ。

由貴は美貌を引くと、スラックスのベルトに手を掛ける。

「ああ、美瑠も」

と言って、横にしゃがもうとすると、

「は、はい……」

「立っていなさいっ」

由貴が課長の口調で、美瑠にそう命じた。

美瑠が、功一様っ、とすがるように見つめてくる。

「立ったままでいろ」

功一もそう言った。

「ああ、功一様……」

美瑠は泣いていた。大きな瞳に、涙を溜めている。が、感じているのがわかる。

由貴がスラックスとブリーフを共に下げていった。びんびんのペニスが弾けるようにあらわれ、人妻課長の鼻を叩く。

由貴は、あんっ、と甘い声をあげて、今度はじかに鼻をペニスにこすりつけてくる。鎌首は我慢汁だらけで、由貴の小鼻が白く汚れていく。

「ああ、美瑠も」

しゃがもうとするが、だめっ、と由貴が課長の口調でそう言う。不思議なもので、部下としての悲しい習性か、上司口調で命じられると従ってしまう。

由貴が舌を出した。我慢汁だらけの先端をぺろぺろと舐めてくる。

「あ、ああ……課長……」

就業時間に、会社の会議室で人妻上司に舐められる快感は、また格別のものがあった。

裏筋にねっとりと舌腹がはう。

「ああっ」

思わず出しそうになり、ひくひくとペニスが動く。

「ああ、出したら、由貴の顔に掛かってしまうわ……それでもいいけれど」

由貴が功一を見上げ、唇を開く。功一を見上げつつ、ぱくっと鎌首を咥えてくる。

「ううっ」

鎌首が口の粘膜に包まれ、じゅるっと吸われると、功一は腰をくねらせる。

「ああっ、美瑠もっ」

我慢出来なくなったのか、美瑠が由貴の隣にしゃがんだ。そして、美貌を下げると、垂れ袋に吸い付いてきた。

「あっ、美瑠っ」

鎌首を吸われつつの、袋吸い。美瑠は玉を的確に吸ってくる。

「あ、ああ、それ、ああ、それっ」

ち×ぽが頭から、そして下からとろけそうだ。

由貴が胴体まで頬張ってくる。美瑠はぱふぱふと垂れ袋に刺激を与えてくる。

「ああ、ああっ、ああっ」

会議室に、功一の情けない声だけが流れる。

会社一のマドンナと会社一の人妻課長が、功一の足下に跪き、競うように口唇奉仕をしている。

これはもう、パラダイスだ。会社の楽園だ。

由貴にもいじわるしようと思った。その方が、より濡らすはずだ。

「課長、美瑠に変わってください」

と言った。

胴体の付け根まで咥えたまま、由貴が、えっという顔で見上げる。

「聞こえましたか。美瑠にフェラを代わってくださいっ」

由貴はさらに深く頬張り、いやいやとかぶりを振る。美瑠にだけは渡したくないのか。

「課長っ、功一様のご命令ですっ。従ってくださいっ」

美瑠が由貴の肩をつかみ、揺さぶる。

「課長っ、言いつけが聞けないのなら、ここから出ていってくださいっ」

強い口調で、功一が命じる。

それでも、由貴は唇を引かない。強く吸いつつ、右手を尻に伸ばすと、肛門をなぞってきた。

「ああっ、それっ」

功一は暴発しそうになる。美瑠にペニスを渡すくらいなら、ここで、ザーメンを出させようということか。

「うんっ、うっんっ、うんっ」

由貴が激しく美貌を上下させる。と同時に、肛門に小指を忍ばせてきた。

「おうっ、おう、おうっ」

功一は暴発させていた。どくどくどくっ、と凄まじい勢いで、射精する。

「うっ、うぐ、うう……」

由貴は一瞬美貌を歪めたが、すぐにうっとりとした表情になり、部下のザーメンを喉で受け止める。

「えっ、うそ……ああ、うそ……」

課長に功一のザーメンを取られ、美瑠は涙を流している。

たぶん今、美瑠のクリトリスを摘まめば、即いくだろう。

「立てっ、立って、スカートをまくれ」

射精しつつ、功一はそう命じる。

なにをされるのか察したのか、美瑠は涙をぼろぼろ流しつつ立ち上がると、スカートをたくしあげた。

美瑠の恥部があらわれる。功一はなおも射精しつつ、右手を美瑠の股間に伸ばすと、クリトリスを摘まんだ。

それだけで、美瑠の身体がひくひくと動く。

功一は由貴の喉に放ちつつ、美瑠のクリトリスをぎゅっとひねった。

「ひいっ！」

美瑠が絶叫する。さらにひねると、

「いく、いくっ、いくいくいくっ」

美瑠ががくがくとスカートをまくったままの肢体を痙攣させて、いき続ける。

それを見て、脈動を終えたペニスが由貴の口の中でぴくぴく動く。

由貴が大量のザーメンを含んだまま、じゅるっと吸ってくる。

ううっ、とうめきつつも、功一は美瑠のクリトリスをひねり続ける。

「う、うぐ……いくいく……いく」

美瑠の痙攣が止まらない。凄まじいいきようだ。

そのまま白目をむいた。がくっと背後に倒れていく。美瑠っ、とあわてて手を伸ばし、背中を支えた。

そして平手を張ると、美瑠が瞳を開く。

「課長も美瑠も尻の穴を俺に捧げたいと言っていたよな」

股間にしゃぶりついたままの由貴と、抱き止めた美瑠を交互に見やり、功一はそう聞いた。

由貴はペニスを咥えたままうなずき、美瑠は、はい、と返事をする。

「今日から、会社の中でアナル処女喪失の準備をする。ほぐす穴がふたつあって面倒だから、おまえたちでやってくれ」

と言う。

「そ、それは、どういうことですか、功一様」

まだアクメの余韻《よいん》が残っているのか、ひくひく身体を動かしつつ、美瑠が聞く。

「ふたり、そこに上がって、ほぐしあいをするんだ」

デスクを指さす。

「ほ、ほぐしあい……」

「シックスナインね」

ペニスから唇を引き、ザーメンを口に溜めたまま、由貴がそう言う。

ペニスは半勃ちまで戻っていた。由貴は立ち上がると、功一が見ている前で、ごくんと飲んで見せた。わざわざ口を開いて、すべて飲みましたと見せてくる。

美瑠顔負けのどマゾぶりだ。

由貴はその場でジャケットを脱ぎ、そしてスカートを脱いでいった。純白のブラウスとガーターベルトにストッキングだけになる。

エロいファッションに、ペニスがひくつく。

由貴は四つのデスクを中央に寄せて台を作ると、その上に乗っていった。仰向けになる。

「なにをしているの。はやく跨ってきなさい、立花さん」

どマゾの本性をあらわしながらも、美瑠に対しては課長口調のままだ。

「は、はい、課長……」

美瑠もその場でジャケットを脱ぎ、スカートを下げていく。こちらも純白のブラウスに股間だけが空いたパンストだけになる。

美瑠もエロい。ペニスがぐぐっと反っていく。それを見た美瑠がうふふと笑い、由貴が美瑠をにらみつける。

美瑠もデスクに上がった。逆向きに、由貴課長を跨いでいく。

由貴の美貌に、美瑠の恥部が迫る。すると由貴がヒップに手を掛け、ぐっと尻たぼを開いていった。そして、ちゅっと尻の穴にキスしていく。

「あっ、課長っ、うそっ……ああ、課長の舌がっ……」

由貴の方が年齢が高いぶん、どマゾの血が濃いのか。よくわからないが、由貴の方が積極的に部下の尻の穴を舐めていく。

「あ、ああ、ああっ……」

美瑠は由貴に跨った肢体をぶるぶると震わせる。

「なにをしている、美瑠。おまえも、課長のケツの穴をほぐすんだ」

「はい、功一様……」

ずっと喘いでいた美瑠が、由貴の股間に美貌を埋めていく。そして、舌を出すと、由貴の肛門を舐めはじめる。すると今度は、

「ああっ、だめっ、そんなことっ、だめよっ」

由貴が敏感な反応を見せはじめた。

美瑠はちゅうちゅうと人妻課長の肛門に吸い付いている。

「ああ、ああっ、だめだめ……はあっ、あんっ」

人妻課長の方が、肛門の感度は上のようだ。

「課長、なにしているんですかっ。美瑠のケツの穴を舐めるんですよ」

「は、はい……功一様」

由貴も功一を様付けで呼び、ねっとりと潤んだ瞳を向けてくる。

4

まさか、我が社のふたつの花を同時にものに出来るとは。これは、ふたりともどマゾだからだ。間違いなく、俺はどマゾにモテる。

どマゾ。もう一人、我が社にとびきり美人のどマゾがいないか。

俺の部屋での、美瑠の言葉が蘇《よみがえ》る。

——菜々緒様は憧れなんです。菜々緒様に踏みつけられたら、たぶん、それだけで、いってしまいます。

——でも、菜々緒様は、美瑠と同じドレイ気質があります。

——わかるんです。同じどマゾとして。同じ匂いがするんです。

ドレイから一番遠いところにいるのが、水上菜々緒だ。でも、違うかもしれない。

菜々緒統括の前で土下座した時、ミニスカートの中をのぞいた。ノーパンだった。むきだしの恥部から、おま×この匂いが漂っていた。

あの時、功一の後頭部を踏みながら、間違いなく、菜々緒は興奮していた。

もちろん、サディストだから興奮していたとも言える。いや、普通はそう考えるだろう。

でも、割れ目から薫ってくる匂いは、美瑠と同種のものだった。どマゾが興奮した時に醸《かも》し出す特有の匂いだ。

菜々緒統括がどマゾ。菜々緒をものにすることが出来る。

「あっ、すごいっ」

美瑠が声をあげた。功一のペニスは見事に反り返っていた。

「美瑠におしゃぶりさせてくださいっ」

そう叫び、美瑠がデスクから降りると、足下に跪き、すぐさましゃぶりついてくる。瞬く間に、美瑠の口の粘膜にペニス全体が包まれ、そして吸われる。

「あうっ、うう……」

功一がうなっていると、由貴も身体を起こし、デスクから降りてきた。美瑠の隣にひざまづき、

「唇を引きなさい」

相変わらずの課長口調で命じる。美瑠は根元まで咥えたまま、譲らない。

すると、由貴は功一の背後にまわってきた。尻たぼをつかみ、ぐっと開くと、肛門を舐めはじめたのだ。

「ああっ、それっ」

ペニスを咥えられながらの肛門舐めは利いた。

「い、いいっ」

女のような声をあげ、ぶるぶると下半身を震わせる。ペニスを咥えている美瑠がうめく。口の中でさらに太くなったからだ。

由貴はとがらせた舌をドリルのように肛門に入れてくる。

「ああっ、すごいっ、ケツの穴、すごいっ」

ううっ、とうめき、美瑠が唇を引いた。唾液まみれのペニスが、美瑠の鼻先でひくひく動く。

「ああ、美味しいわ、村田くんのお尻の穴」

火の息を尻の穴に吹きかけ、そしてまた、ドリルのように入れてくる。

由貴が肛門を舐めつつ、右手を前に伸ばしてくる。美瑠に咥えさせないと言うかのように、鎌首を手のひらで包んでくる。

「ああ、だめだめ……あ、ああんっ」

由貴の人妻らしい濃厚な責めに、功一は腰をくねらせ、情けない声をあげ続ける。

そんな功一を、美瑠がうっとりとした目で見つめている。

「デスクにつかまり、ケツを出せっ。美瑠も由貴もだっ。ふたり交互に入れてやるっ」

功一は叫ぶ。美瑠はすぐに言われるまま、デスクに向かい、功一にパンストに包まれたぷりっと張ったヒップを突きつけてくる。

一方、由貴はまだ肛門を舐めつつ、鎌首を手のひらでナデナデしている。

「あ、あんっ」

腰のくねりと、情けない声が止まらない。

「由貴っ、なにをしているっ。ち×ぽを入れてほしかったら、美瑠と並んで、尻を出せっ」

さらなる大声をあげる。が、由貴は肛門舐めと鎌首ナデをやめない。そして、功一自身も、その舌と手を振り切れない。

とにかく、前と後ろの責めは、たまらなかった。下半身がとろけそうだ。

「功一様、くださいませ」

目の前で、美瑠がパンストに包まれたヒップを振っている。

功一は手を伸ばし、パンストに爪を立てた。裂け目を作ると、引き裂いていく。

「あ、ああ……」

引き裂かれる音に、美瑠は感じている。ぷりっぷりっと尻をくねらせる。

むき卵のようなぷりんとした白い尻があらわれる。

由貴が鎌首をつかみ、手のひら全体でぐるぐるまわしはじめた。

「ああっ、だめですっ、課長っ、また、出ますっ」

そう叫ぶと、

「だめっ、今度は美瑠にくださいっ、功一様っ」

細長い首をねじって、こちらを見つめ、美瑠がすがるように訴える。

功一はぎりぎり由貴の手を振り払うと、びんびんのペニスを美瑠の尻の狭間に入れていく。ずぶりとおんなの穴に入っていく。

「いいっ」

一撃で、美瑠が歓喜の声をあげる。これまでのすべてが、美瑠にとっては濃厚な前戯となっていたようだ。

ずぶずぶと奥まで突き刺すと、肉の襞の群れが待ってましたとばかりにからみつき、くいくい締めてくる。

功一は抜き差しをはじめる。美瑠の割れ目を、たくましく勃起したペニスが出入りする。

「いい、いいっ、いいっ」

美瑠が歓喜の声をあげ続けるが、功一の腰の動きが緩くなる。そして、

「あんっ、あんっ」

女のような声をあげてしまう。

由貴はまだ肛門に舌を入れていた。それだけでなく、右手で垂れ袋をさすり、

左手で、美瑠の割れ目を出入りするペニスを撫でてきた。

「課長、もうケツの穴はいいですからっ、ああ、美瑠と並んで尻を出してください
っ」

また敬語に戻ってしまっている。

じれた美瑠が自分からヒップを動かしはじめた。ペニスが突き刺さっている
ヒップをうねらせはじめる。

「あっ、あんっ」

すぐに前後に動きを変える。

「ああ、だめだっ、ああ、そんなことしたら、出るっ」

「だめですっ、まだだめですっ、功一様っ」

由貴はなおも、ドリル舐めをしつつ、垂れ袋をやわやわとさすり、美瑠のお
んなの穴を出入りしているペニスを撫でてくる。

これがたまらなかった。

「ああ、出ますっ」

まだだめっ、と美瑠の方から媚肉を引いた。抜けたペニスがひくひく動く。

どろりと大量の我慢汁を出す。

そこでようやく、由貴が功一の肛門から舌を引いた。そして、美瑠の隣に立ち、むちむちに熟れた双臀を突き出してくる。

「ああ、課長っ」

功一はすぐに入れたくなり、由貴の尻たぼをつかむ。そして、ぐっと開くと、立ちバックで突き刺していく。

「あうっ、うんっ」

一撃で、由貴が火の息を吐く。課長の中は、どろどろだった。美瑠以上に、肉襞がねっとりとからみつき、締め上げてくる。

「ああっ、課長っ、おま×こ、いいですっ」

「美瑠のおま×この方がいいでしょうっ」

と言って、私にもください、と美瑠がぷりぷりのヒップをうねらせてみせる。

「もちろん、私のおま×この方がいいわよね、村田くん」

課長口調で、由貴が言う、

「は、はい……課長のおま×この方が、いいです」

功一が答えると、うそですっ、と美瑠が叫び、

「人妻のおま×こなんて、やりすぎて、がばがばなはずですっ」

と訴える。

「あらどうかしら。功一様は、私のおま×この方がきつきつだとおっしゃっているわよ、立花さん」

由貴がそう言う。

「うそですっ、うそですっ」

またも、美瑠はぼろぼろと涙を流しはじめた。

今だっ、と功一は由貴の中からペニスを引き抜き、人妻の愛液に塗りかわったペニスを美瑠に入れていく。すると、入れた瞬間、

「いくっ」

と叫んだ。がくがくと身体を痙攣させる。もちろん、おま×こも痙攣していた。

「あうっ、ううっ」

功一はぎりぎり暴発を耐えつつ、ずどんずどんと突いていく。

「ああっ、いくいく、いくいくっ」

いまわの声を叫び続け、美瑠はぐぐっと背中を反らせると、ばたんとデスクに突っ伏した。

「失神したわ」

と、由貴が言う。

それでいて、おま×こは放すまいと言うように、強烈に締め続けている。

「なにしているの、村田くん。はやく、抜いて、私に入れなさいっ」

「はい、課長……ああ、でも、締め付けがすごくて」

「失神していても、自分に出させようとしているなんて、たいしたものね」

由貴が感心したように言う。

「村田くんっ、まさか、そのまま立花さんに出すつもりじゃないでしょうね」

由貴の言葉を聞き、功一はこのまま、美瑠に出そうと思った。由貴が尻を突き出して待っているのに、気を失っている部下の中に出すのだ。どマゾはたまらないだろう。

功一は気を失ってもおま×こを締めている美瑠を突きはじめる。

「なにしているのっ」

功一はずぶずぶとえぐっていく。突くたびに、ううっ、と美瑠がうめき、そして強烈に締め上げてくる。

「ああ、出そうだっ」

「だめっ、だめよっ。おち×ぽ、外に出しなさいっ。私に入れるのよっ、課長命令ですっ」

由貴が叫んだ瞬間、功一は、おうっと吠えていた。

「うそ……」

尻を突き出している由貴の真横で、功一は美瑠の中にザーメンを注いだ。

そして、右手を伸ばすと、由貴の穴に二本の指を入れていった。

「あぁっ」

由貴の媚肉は、予想以上にどろどろだった。二本の指で、やけどしそうな人妻の穴をかき回す。

「ああ、あああっ、ああっ、いくいくっ」

由貴もすぐさま、アクメに達した。由貴が尻を出して待っているのに、美瑠の中に出されて、どマゾの血が沸騰したのだ。

功一はなおも、かき回し続ける。

「いくいく、いくいくっ」

由貴はひとり、いまわの声を叫び続けた。

第六章　お尻の処女を破ってください

1

翌日——。

功一は第一会議室に一人で呼ばれていた。菜々緒統括じきじきの呼び出しだった。第一会議室のドアをノックした。はい、と返事がある。菜々緒の声を耳にしただけで、功一は勃起させていた。失礼します、とドアを開くと、広々とした会議室に、菜々緒だけがいた。しかも、立っていた。

黒のジャケットに黒のスカート、そして白のブラウス姿だ。スカートのミニ丈が半端なく短かった。

超ミニ丈で、わずかでもたくしあがれば、パンティがのぞきそうな危うさだった。しかも前回同様、生足だ。

もしかしたら、ノーパンかもしれない。いや、きっとノーパンだ。ノーパンの中を功一に見せつけるために、超ミニ生足でいるのだ。

——でもさあ、どうして飛ばされないんだろう。

——これはうわさだけどなあ。お嬢が止めているらしい。

——えっ、お嬢って、統括かい。

トイレで耳にした男性社員のうわさ話が、功一の脳裏に蘇る。

——村田が趣味だったりして。

——まさか、それはないだろう。

——いや、お嬢くらいになると、もう、イケメンとか仕事が出来るやつとか、そういった男はつまらないのかもしれないぞ。

このうわさが真実か、これからはっきりわかるはずだ。

「村田くん、こちらに来なさい」

菜々緒が円形に配置されたデスクの真ん中から呼ぶ。はい、と功一は円形の中に入り、菜々緒に近寄っていく。

同期だったが、相手は役員待遇だ。平社員の功一から見れば、雲の上の存在だ。いくら菜々緒が社長の娘とはいっても、入社して五年で、こうも立場が変わってしまうとは。

「申し訳ありませんでしたっ」

菜々緒の前まで行くと、すぐさま、両膝を床についた。

「山鐘興業だけではなく、丸山文具まで里見商事に取られたそうね」

「申し訳ございませんっ」

目の前に、菜々緒の太腿がある。間近で生足を見たいがために、功一はすぐさま両膝を床についていたのだ。

ああ、顔をこすりつけたいっ。ああ、この太腿に顔をこすりつけたら、いったいどうなるのだろうか。

足蹴にされる。当然だろう。が、違うかもしれない……。

「それで、どうするつもりなのかしら」

「どうする、とおっしゃいますと」

功一は菜々緒を見上げた。鋭く、そして美しい瞳で見下ろされている。

「どうするのかしら」

また、聞いていた。

「そ、それは……こうですっ」

と叫ぶなり、功一は菜々緒の太腿に顔面を押しつけていった。

考えてやった行動ではなかった。気がついた時には、太腿に顔をこすりつけていた。

「な、なにをしているのっ、村田くん……」

そう言いつつも、足蹴にはしない。待っていたのだ。だから、生足ミニスカであらわれたのだ。

功一はそのまま、太腿と太腿の間に顔面を入れていった。顔面が菜々緒の太腿に挟まれる。菜々緒の太腿はしっとりとしていた。

「ううっ、ううっ」

うなりながら、功一は菜々緒の太腿と太腿に挟まれている。

すると、薫ってきた。先日嗅いだ匂いと同じものだ。功一は挟まれた状態で、顔面を上に向けていった。

むきだしの割れ目が、飛び込んできた。

やはり、菜々緒はノーパンだった。ノーパンミニスカで、功一を待っていたのだ。

前回は見てすぐに顔を伏せたが、今回はまじまじと見上げていた。菜々緒がそれを望んでいると思ったからだ。

菜々緒の陰りはとても品よく生えていた。手入れでもされているようだ。いや、実際、手入れしているだろう。

恥毛の一本一本に特別のリンスが使われているように見えた。陰り自体は薄く、すうっと通った割れ目のサイドには、うぶ毛すらなく、はっきりと花唇が見えていた。

この割れ目は処女。美瑠とは違い、処女の佇《たたず》まいを見せている。

あのぴっちりと閉じた割れ目から、処女の匂いが醸し出ているのだ。

じかに嗅ぎたいっ。

功一は上に向けたままの顔面を、菜々緒の恥部に近づけていく。

菜々緒はなにも言わない。蹴り上げもしない。じっとしている。

その間に、菜々緒の恥部が迫ってくる。割れ目だ。菜々緒の割れ目だ。

今度は、菜々緒の恥部にじかに顔面を押しつけていった。

るのを感じた。しかし、奥深くまで入れることができない。舌先で狭い入り口を舐め回していると、ぴくぴくと肉の扉が動く。

「あっ、ああ……」

頭の上から、甘い喘ぎが聞こえた。やはり、待っていたのだっ。

功一はぐりぐりと鼻を割れ目にこすりつけつつ、眉間をクリトリスに押しつける。すると、

「はあっ、あんっ」

とても敏感な反応が返ってきた。

見たいっ。処女かどうかこの目で確かめたいっ。だが今、顔面を引くのはどうだろうか。もっと感じさせてからの方がいいのではないか。

功一は割れ目に鼻をこすりつけながら、眉間でクリトリスを押し続ける。

「あ、ああ……あああ……」

菜々緒のすらりと長い生足ががくがくと震えはじめる。花びらからの匂いは濃くなってきている。

それは美瑠や由貴とはまったく違った種類の匂いだった。まだザーメンで一度も穢されてない、純血無垢《むく》な花びらから醸し出ている匂いだった。

処女であっても、発情する。処女でもクリトリスを刺激すれば、感じる。そ

れで醸し出てくる匂いだった。

功一は顔面を引いた。そしてすぐさま、割れ目に指を添え、くつろげていった。菜々緒に考える隙を与えない、早業《はやわざ》だった。

功一の前に、統括部長の花びらが広がった。

「こ、これは……」

「ああ、見ないで……そこは、ああ、私と同等以上の男しか……ああ、目にすることは出来ないところなの……はあっ、ああ、あなたのような……ああ、営業部万年最下位の男が……ああ、目に出来る場所じゃないの……」

見ないで、と言う菜々緒の声が甘くかすれていた。

一見して、処女だとわかった。美瑠と由貴しか女を知らず、まして、処女女性の経験はなかったが、それでも処女の花びらだと功一は確信出来た。

百人が百人、口をそろえて、処女だ、と言うだろう。

「統括、処女ですよね」

花びらを見ながら、功一は聞く。

「当たり前でしょう」

菜々緒は当然のように認めた。

「二十七まで処女を守ってきたんですね」

「私の処女膜を破るに値する男があらわれなかっただけよ。それだけ。あらわれたら、すぐに、破らさせるわ」

「あらわれたら、すぐ、ですか」

「そうよ」

純粋無垢な花びらが、ひくひくと動く。それは誘っているように見えた。いや、誘っていた。はやく、破りなさいと。

いや、さすがに、都合よく考え過ぎか。

でも今、菜々緒は功一にずっと処女の花びらを晒しているのだ。このこと自体、破ってほしい、ということなのではないのか。

功一は恥部から顔を引いた。

そして、立ち上がるとスラックスのベルトを弛めはじめる。

「な、なにしているの……まさか、醜《みにく》いものを出すつもりではないでしょうね」

ずっと余裕だった菜々緒がはじめて狼狽《うろた》えた表情を見せる。

「ち×ぽは見たことあるんじゃないですか、統括」

と聞きながら、功一はスラックスをブリーフといっしょに下げていった。

弾けるようにびんびんのペニスがあらわれる。

それを見た、菜々緒が、あっ、と声をあげた。

「す、すごいおち×ぽ……」

「そうですか」

「ああ、ああ……ああ……」

菜々緒がその場に崩れていった。

功一はペニスをつかむと、菜々緒の頬をぴたぴたと張る。菜々緒は怒るどころか、あんあん、と甘い声を洩らす。

「僕のち×ぽが、水上統括の処女膜を破るに値するようですね」

と言いながら、なおも、ペニスで頬を張り続ける。

菜々緒はなにも言わない。うっとりとした顔で、ペニスビンタを受けている。かなり感じていた。

「あん、あんっ」

「しゃぶりますか。処女膜を破るち×ぽを」

「な、なに言っているの……私が……水上商事の……水上菜々緒が……あなたのような最低なおち×ぽを……舐めるわけがないでしょう」

菜々緒はにらみあげるが、その瞳は絖光っている。

2

「最低なち×ぽが好きなんだろう、菜々緒」

いきなり、タメロ、そして呼び捨てにした。すると、

「はあっ……ああ……」

名前を呼び捨てにされただけで、いったような顔を浮かべる。

「ほら、処女膜を破るおち×ぽに、ご挨拶するんだよ、菜々緒っ」

功一は強く出る。

菜々緒はかぶりを振る。けれど、絖った瞳で、ち×ぽを見つめている。

「ほらっ」

するとじれた功一の方から、鎌首を菜々緒の唇に押しつけていく。本当はじらしにじらせればいいのだが、そこまで女慣れしていない。やはり、高嶺《たかね》の花には、すぐにもしゃぶってもらいたい。

じらす時間が短くて、菜々緒がちょっと不満そうな表情を浮かべた。まずい。功一は構わず、自分から腰を突き出した。鎌首で唇を割り、そのままずぶりと埋め込んでいく。

「う、うう……」

いきなり喉まで突かれて、菜々緒がうめく。苦しそうにしている表情がたまらない。お嬢が、こんな顔をするのは、レアゆえに、余計昂る。

「ほらっ、ち×ぽを入れられたら、喜んで吸うのが、ドレイだろう」

と言って、ずぶずぶと菜々緒の唇を犯していく。

「う、うんっ……」

ドレイ、という言葉に、菜々緒が反応した。急に強く吸いはじめる。吸いながら、功一を見上げる。その目がさっきよりより強く絖っていた。

「ほら、ほらっ、ドレイっ」

調子に乗って、ずぶずぶと菜々緒の唇を突いていく。

「うぐ、うぐぐ……」

菜々緒はつらそうな表情を浮かべつつも、懸命に吸ってくる。

功一はペニスを引いた。どうして、という目で菜々緒が見上げてくる。もっと責めた方が良かったが、あまりに気持ちよくて、出そうになったのだ。ここで出すのは、はやい。

「俺様のち×ぽを吸って、うれしいか、菜々緒」

「よ、呼び捨てに、しないで……あなたに呼び捨てにされる筋合はないわ」

声が甘くかすれている。

「ドレイの分際で、なにを言っている、菜々緒」

今度は菜々緒の唾液がついたペニスで、品のいい美貌をぴたぴたと張る。

「はあっ、あん……」

菜々緒はしっかりとペニスビンタを受ける。美貌ゆえに、顔への責めが有効だった。

「おま×こを見せてみろ。俺のち×ぽを吸って、ぐしょぐしょになったおま×

こを見せてみろ、菜々緒」

「なにを言っているの……」

声が震えている。かなり感じているのがわかる。これまでの人生で、男に、おま×こを見せろなんて言われたことはないのだろう。

もちろん、女性のすべてが言われるのを望んでいるわけではない。むしろ、しらける女性も多いだろう。が、菜々緒は違うのだ。

おま×こを見せろ、とペニスビンタをしてくる男を待っていたのだ。しかもそれは、イケメンや仕事の出来る上等な男ではだめなのだ。

功一のような年齢イコール彼女いない歴で、営業成績もずっと悪い男に命令されなければ、キュンとしないのだ。

「菜々緒、おまえ、俺が飛ばされないように、社長に哀願していたそうだな」

「哀願は……してないわ……」

「こうやって、ドレイにしてくれるのを待っていたんだな」

「誤解よ……口に入れてもかまれなかったからって、調子に乗るんじゃないわよ、村田くん」

菜々緒が立ち上がった。長身で、ヒールのぶん、村田よりちょっと高くなる。

功一はすぐさま、ミニの裾に手を入れて、むきだしの割れ目に指を入れていった。

「あっ、だめっ」

そこは予想以上にぬかるんでいた。

「なんだ、これは。水上商事の社長令嬢が、平社員のち×ぽを吸って、どろどろにさせるとはな」

そう言いつつ、功一は慎重に指先で、菜々緒の花びらをいじる。やはり、処女膜は、おのれの鎌首で突き破りたい。

「あ、ああ……ああっ、ああ……」

菜々緒は火の喘ぎを洩らすばかりで、もう反論してこない。

功一は左手もミニスカの中に入れると、クリトリスを摘まみ、ぎゅっとひねった。

「ひいっ」

菜々緒が絶叫し、スレンダーな肢体をがくがくと震わせる。

「い、い、いく……いくいくっ」

菜々美がいまわの声をあげる。アクメの中の美貌は、さらに輝いていた。

このままぐにやった方がいい、と思った。

びんびんのペニスで、高嶺の花の処女膜を破るのだっ。

「スカートを脱げ」

「い、いや……」

「脱がないと、おま×この入口がスカートで隠れるだろう」

「な、なにをする気なの」

「もちろん、ここでいますぐ、おまえの処女膜を突き破るのさ」

「だ、だめ……そんなことだめ……」

菜々緒がかぶりを振り、下がりはじめる。

でも、逃げたりはしない。下がっているだけだ。

功一は誇示するようにペニスをしごき、ゆっくりと菜々緒に迫る。

「ほら、入口を見せろ」

「あなたのような……なんの役にも立たない社員のおち×ぽで……二十七年間、

守ってきた処女を……失うなんて、最低だわ」

最低だわ、という声が震えている。それは喜びの震えだ。恐らく、おま×こはさらにどろどろになっているだろう。

「そうだな、最低だな。最低の処女喪失を体験させてやるぞ、菜々緒」

「呼び捨てにしないでっ……村田くん」

「功一様と呼べ」

そう言うと、馬鹿な、と軽蔑の視線を向ける。いつもの菜々緒の視線に、功一は一瞬怯《ひる》む。

だめだ。ここで弱気になっては。一気に押すのだ。それを、菜々緒は望んでいるのだ。それは間違いないことなのだ。

「ほら、はやくスカートを脱げ」

「いや……いや、こ、功一様なんかに……処女膜は……破らせないわ」

「功一様と言ったな」

にやりと笑う。

「えっ、言ってないわっ。言うわけがないわっ」

「今、功一様と言ったな。ほらっ、脱げ」

功一は菜々緒が自分でミニスカートを脱ぐのを待つ。ドレイは自分からち×ぽの入口を晒さなければならない。

「最低だわ……ああ、こんな男で、処女を失うんなんて……最低だわ」

かぶりを振りつつも、菜々緒がミニスカートのフロントボタンに手を掛けた。

やったっ、と功一は心の中でガッツポーズを作る。

菜々緒はフロントボタンを外すと、サイドジッパーを下げていく。そして、ミニスカートを下げていった。

ノーパンゆえに、いきなり、おんなの割れ目があらわれる。

「すごいな」

功一は思わずつぶやく。ぴっちりと閉じている花唇から、愛液がにじみ出していたのだ。もう、割れ目の奥は洪水状態なのだ。

「おま×この汁があふれてきているぞ」

「うそ……」

ミニスカートを脱いだ菜々緒が、自分の恥部に目を向ける。

「あっ、いやっ……」

あわてて、恥部を両手で隠す。

「隠すなっ。割れ目を開いて、入れてください、功一様、と言うんだ」

「そ、そんなこと……言えるわけがないわ……」

「左手は上にあげろっ。右手の指で割れ目を開くんだっ」

と、功一は命じる。ペニスがひくひく動き続けている。はやく菜々緒の中に入りたいと言っている。もう少し待てよ。

「いや……どうして、私が、あなたのような男のために……恥まみれにならなければならないの」

と言いつつ、菜々緒は命じられたまま、左腕を上げていく。

上半身は黒のジャケットに白のブラウス姿のままだ。それでいて、下半身はなにもつけていない。

上半身は、水上商事の統括部長で、下半身は、功一のドレイだ。

「割れ目を開いて、処女膜を破ってください、と言うんだ」

「最低っ……あなた、本当に最低な男ねっ」

そう言うと、菜々緒は恥部を覆っていた右手の人さし指と親指を、すうっと通っている割れ目に添える。指が震えている。恥辱の震えか。それとも、興奮の震えか。

「こ、功一さ、様……菜々緒の……処女膜を……そ、そのたくましい……お、おち×ぽで……どうか、破ってください」

菜々緒はまっすぐに、功一を見つめつつ、そう言った。その目は、被虐の絖りで光っていた。

「いいだろう。おまえを俺のち×ぽで、女にしてやる」

「あ、ありがとう、ございます……功一様」

高嶺の花に様付けで呼ばれるだけで、ペニスが震えた。当然のことながら、先走りの汁が大量に出て、胴体まで流れている。

功一は菜々緒に近寄ると、そのスレンダー肢体を抱き寄せた。開いたままの割れ目に、鎌首を向けていく。

3

入口はわかりやすく、一発で捉えた。

ずぶりと鎌首がめりこみ、処女膜に触れる。

「あっ……」

処女膜に鎌首を感じたのか、菜々緒が身体をがくがくと震わせる。

美しい瞳で、じっと功一を見つめている。見つめられるだけでも、即、発射しそうな瞳だ。

功一は一気に破らなかった。処女膜の手前で、鎌首を止め続ける。

「あ、ああ……ああ……破ってくださらないのですか、功一様……ああ、菜々緒の処女膜なんか……ああ、功一様のおち×ぽで、ああ、破るに値しないのですか」

功一を見つめる瞳に、涙が浮かびはじめる。

菜々緒は完全に、最低の社員に処女膜を破られることに、酔っている。どマゾの血が沸騰している状態だ。

たぶん、破った途端、失神するんじゃないか、と思った。

「確かにそうだな。おまえの処女膜など、破るに値しない」

と言うと、功一は鎌首を引いていった。自分で自分を褒めてやりたい。これだけ上等な美女の穴に入れながら、処女膜を破る直前でち×ぽを引けるなんて、なかなか出来ることではない。

「えっ……うそ……本当に……おち×ぽ、引くんですか」

菜々緒が呆然とした顔で、功一を見つめている。

鎌首は完全に割れ目から出ていた。菜々緒の花びらはどろどろで、鎌首は蜜まみれになっている。

「当たり前だろう。おまえの処女膜なんて、おもちゃで破ればいいんじゃないのか」

「そんなっ、ああ、おねがいですっ。そのたくましいおち×ぽで、菜々緒の処女膜を破ってくださいませっ」

菜々緒が涙を流しつつ、訴える。

「土下座だ、菜々緒」

上着を脱ぎながら、功一はそう言う。

菜々緒は言われるまま、下半身だけ裸の姿で、功一の足下に両膝をつく。そして、美貌を下げつつ、

「菜々緒の処女膜を、そのおち×ぽで破ってくださいませっ、功一様っ」

と叫ぶ。

「素っ裸になれ、菜々緒」

おっぱいを見たくなった。処女の花びらは見ていたが、まだ、乳房を見ていない。

わかりました、と菜々緒は立ち上がると、黒のジャケットを脱ぎ、そして白のブラウスのボタンを外していく。すぐに前がはだけ、純白のブラに包まれた乳房の隆起があらわれる。

菜々緒はブラウスも脱ぎ、ブラジャーだけになると、両手を背中にまわした。

そしてホックを外すと、ブラカップが乳房に押されるようにまくれた。

たわわなふくらみがあらわれた。見事なお椀形だった。

乳首はすでにつんとしこっている。処女らしい高貴なピンク色だ。

功一は菜々緒の一糸まとわぬ姿に見惚れる。素晴らしい裸体である。

乳房の大きさといい形といい、くびれた腰からヒップにかけての曲線といい、なにもかもがそそった。

「ああ、おち×ぽで処女膜を……突き破ってくださいませ」

「両手を上げて、腰を振って誘え」

すぐにでも突き破りたいのをぐっと我慢して、功一はそう言う。じらせばじらすほど、破った瞬間の快感が爆発するはずだ。

菜々緒は言われるまま、しなやかな両腕を万歳するように上げていく。それにつれ、乳房の底が持ち上がり、お嬢の腋の下があらわになる。

そこは当然、手入れが行き届いていた。すっきりとした美麗な腋のくぼみだ。

「ああ、功一様……処女膜を……菜々緒の処女膜をお破りください」

菜々緒が腰をくなくな振っていると、いきなり第一会議室のドアが開いた。

はっとして振り向くと、美瑠が飛び込んできた。

「あっ、やっぱりっ」

と叫び、こちらに駆け寄ってくる。

「誰っ……出ていきなさいっ」

両腕を上げたまま、菜々緒が統括部長の口調で命じる。が、美瑠は構わず、迫ってくる。

「やっぱり、統括部長は、どマゾだったのですねっ」

美瑠が叫ぶ。

「なにを言っているのっ。すぐに出ていきなさいっ」

「出ていきませんっ」

美瑠が叫ぶ。

功一は今だ、と菜々緒の裸体を抱き寄せ、むきだしの割れ目に鎌首を押しつけた。

「だめっ」

美瑠だけでなく、菜々緒も叫んでいた。

美瑠が見つめる前で、ずぶりと鎌首が菜々緒の中に再びめりこむ。先端に処女膜を感じると、そこで止める。

さっきと違うのは、美瑠というギャラリーがいることだ。

「統括は処女なのですかっ、功一様っ」

美瑠が聞く。

「処女だ。今、ち×ぽが処女膜に当たっている。すぐにでも破れるぞ」

「だめっ、だめですっ」

「どうしてだ。菜々緒が処女だろうが、おまえには関係ないだろう」

鎌首を処女膜に当てたまま、功一は聞く。菜々緒は両腕を上げたまま、じっとしている。だが、鎌首を包む花びらはひくひく動いていた。

「関係ありますっ。処女を捧げるなんてっ、ああ、ドレイとして最高の誉れですっ。美瑠はそれが出来ませんでしたっ。すごく後悔しています。でも、水上統括は、ああ、功一様に処女を捧げることが出来るんです。そうなったら、最強のドレイですっ。私はドレイ序列が二位に下がります」

「そうだな。おまえは菜々緒以下のドレイになるな。うれしいんじゃないか」

「いや、いやっ」

美瑠が叫ぶ中、功一は菜々緒を見つめる。

「どうだ。このまま突き破られたいか。俺のドレイとなるか」

「はい……立花さんの前で……処女を捧げます」

すでに、菜々緒はうっとりとなっていた。

「よし、破ってやるぞ」

ありがとうございますっ、という声と、いけませんっ、という声が重なる中、功一はついに、鎌首を突き出した。

極薄の粘膜はいともあっさりと破られた。

処女膜はあっさりだったが、その奥はあっさりではなかった。きつきつの穴が迎えている。

「あうっ、うう……」

きつきつだったが、どろどろでもあった。大量の愛液が潤滑油がわりとなり、めりめりと鎌首がめりこんでいく。すると、

「い、痛い……痛い……」

激痛に美貌を歪めたと思った次の瞬間、

「い、いく、いくいくっ」

はやくも、菜々緒はいまわの声をあげていた。処女膜を破られてすぐに、アクメを迎えていた。

「うそ……ああ、うそ……ああ、処女を捧げて、いくなんて……」

美瑠がとてもうらやましそうな目で菜々緒を見つめている。

功一はさらに極狭穴をえぐるように進めていく。菜々緒の肉の襞がぴたっとペニスに貼り付き、そしてくいくいと締めてくる。

「うう、うう……」

功一はうなりつつも、ぐいっと推し進める。するとまた、

「あっ、いく、いくいくいくっ」

菜々緒がいまわの声をあげて、裸体を痙攣させる。

いつの間にか、菜々緒の裸体はあぶら汗まみれとなっていて、股間にびんびんくる体臭を放っていた。

「ああ、統括……」

美瑠がうっとりと菜々緒を見つめている。

「私の処女も、ああ、後ろの処女も、今、奪ってくださいませ、功一様っ」

そう叫ぶと、美瑠は紺のジャケットを脱ぎ、そして紺のスカートを下げていく。

股間だけ空いたパンストを目にしても、菜々緒は表情を変えなかった。功一のち×ぽだけに集中している。処女膜を破った功一のち×ぽだけしか頭になかった。

美瑠はパンストを尻からむき下げると、こちらにぷりっと張ったヒップを向けてきた。そして、上体を倒し、ヒップだけを突き上げてくる。

尻たぼに手を置き、ぐっと割りつつ、

「美瑠の処女も奪ってください、功一様」

と言う。

4

「立花さん、あなたの穢れたお尻の穴は、功一様のペニスはふさわしくありません」

功一と前の穴でつながったまま、菜々緒がそう言う。

「功一様のおち×ぽに相応《ふさわ》しいのは、私の清いおま×こだけなの。私がドレイになったからには、もう功一様のおち×ぽは、どんな穴にも入れさせません」

えっ、と功一は菜々緒を見つめる。

「あら、まさか、私のおま×こに入れているのに、立花さんの汚らわしい肛門に入れるつもりではないでしょう、功一様」

おま×こ全体で、強烈に締め上げつつ、菜々緒がそう聞いてくる。

「う、ううっ、ああ、ち×ぽがっ、食いちぎられるっ」

「ああ、出してください。菜々緒の子宮を、ああ、功一様のザーメンで白く染めてください」

「あ、ああっ、出そうだっ」

抜き差しせずに、入れているだけで射精が迫る。

「ください、功一様っ」

「だめっ、美瑠のお尻の処女を奪ってくださいっ」

美瑠の尻の穴が、ひくひくと功一を誘っている。それを見ながら、功一は、おうっと吠えていた。

菜々緒の中でペニスが脈動し、どくどくと噴射する。

「あっ、い、いく……いくいくっ」

はじめてのザーメンを子宮に受けて、菜々緒はいっていた。

「ああ……」

隣で尻の穴を晒し続けつつ、菜々緒がいく顔を見て、美瑠も恍惚の表情となる。美瑠は美瑠で、尻の穴まで見せつけているのに、無視されて、他の女に中出しされてしまったことに、感じているのだ。

どマゾ中のどマゾである。功一のドレイとなって、マゾの血がさらに濃くなってきたように感じた。

「ああ、ああ……はあっ……」

目の前で菜々緒が恍惚の表情を浮かべている。半開きの唇から、火の息を吐いている。

功一は反射的に、菜々緒の唇を奪っていた。すると、ぬらりと菜々緒の方から舌をからめてきた。

「うんっ、うっんっ、うんっ」

美瑠が入れてください、と尻の穴を差し出しているそばで、功一は菜々緒の唾液を堪能する。

菜々緒の中で萎えつつあったペニスが、舌をからめているうちに、ぐぐっと力を帯びてくる。

「ああ、功一様、大きくなってきました」

菜々緒がうれしそうな声をあげる。

それを聞き、功一は断腸《だんちょう》の思いで、菜々緒の中からペニスを抜いていく。

「えっ、どうして……」

まさか、功一からペニスを引いていくなんて、考えもしなかったのだろう。

驚愕《きょうがく》している菜々緒から完全にペニスを抜いた。先端から付け根まで、破瓜《はか》の鮮血が混じったザーメンがからみついている。

「功一様っ」

すぐさま、美瑠がしゃぶりついてきた。赤く染まったザーメンがからんでいるにもかかわらず、いきなり根元まで頬張り吸い上げてくる。

「ああ、うそ……」

「なにをぼうっとしている。おまえも、しゃぶるんだ、菜々緒」

と、功一は命じる。

菜々緒はその場に崩れるようにしゃがむと、上気させた美貌を功一の股間に寄せてくる。が、美瑠は根元まで頬張ったまま、まったく譲ろうとしない。

「立花さんっ、それは私のおち×ぽなのっ。はやく、唇を引きなさいっ」

菜々緒が統括口調で命じる。が、美瑠はまったく唇を引かない。

「美瑠っ、菜々緒にも舐めさせるんだっ」

功一が言うと、美瑠が泣くなく、唇を引いていく。するとすぐさま、菜々緒が右側から鎌首に舌をからめてくる。

それを見て美瑠は左側から舌をからめてきた。鎌首の頂点で、菜々緒と美瑠の舌が触れる。が、どちらも舌を引かず、そのままからめあっていく。

「うんっ、うっんっ」

「あんっ、うっんっ」

功一の股間で、お嬢とマドンナがピンクに絖る舌と舌とをからめあっている。

それを見下ろし、功一の股間にあらたな血が一気に集まる。ふたりの前で、ぐぐっとペニスが反り返った。

百合《ゆり》キスが刺激を与えると気づいたのか、菜々緒と美瑠はそのまま舌をからめあい続ける。

そして、また、右手から菜々緒が、左手から美瑠が、鎌首に舌をはわせてくる。

「あ、ああ……」

美女ひとりのフェラだけでも極上なのに、ふたりも奉仕しているのだ。

美瑠は先端を舐めつつ、ブラウスを脱ぎ、ブラも外した。太腿までむき下げたパンストだけになる。

「ああ、今度は美瑠のお尻の処女を破ってください、功一様」

そう言うと、美瑠が立ち上がり、再び、ぷりっと張ったヒップを向けて、自らの手で尻たぼを開いていく。

「菜々緒、美瑠のケツの穴をおまえの舌でほぐしてやれ」

功一はあらたな命令を下した。

鎌首を舐めていた菜々緒が、えっ、という表情を浮かべる。

「どうした、俺のドレイの分際で、命令を聞けないというのか」

「で、でも……立花さんの肛門を舐めるなんて……」

「出来ないのなら、出ていけ。素っ裸のまま出ていくんだ、菜々緒」

功一はドアを指さす。我ながら堂《どう》に入ったご主人様ぶりだ。

「ああ、でも……」

なおも、菜々緒が美瑠の肛門舐めをためらっていると、功一自ら、美瑠の尻の狭間に顔を埋めていった。ぬらりと舐めていく。

「あっ、ああっ、功一様っ」

待っている時が、かなり濃厚な前戯となっていたのか、ぺろぺろ舐めるだけで、美瑠がぶるっと双臀を震わせる。

「私がっ、私が舐めますっ。功一様に、立花さんの肛門なんか、舐めさせるわけにはいきませんっ」

そう叫ぶと、美貌を寄せてきた。功一が顔を引くと、尻の狭間に美貌を埋め、美瑠の肛門を舐めはじめる。

「ああっ、あ、あああっ」

功一に舐められた時以上の反応を、美瑠が見せる。

「クリをひねってやれ、一発でいくぞ」

功一が言うと、菜々緒は同性の尻の穴を舐めつつ、右手を前に伸ばした。

「あっ、だめですっ、統括っ」

菜々緒がぎゅっとクリトリスをひねった。

「ひ、ひいっ！」

美瑠が絶叫し、がくがくと白い裸体を震わせる。さらに、ひねりつつ、菜々緒の舌が肛門をはうと、

「いく、いくいく、いくっ」

美瑠が叫んだ。

5

こんこんと、ドアがノックされた。

だが関係なく、菜々緒はクリトリスをひねり続け、美瑠がいまわの声をあげ続ける。

「入って、いいぞっ」

功一はドアに向かって叫んだ。すると、予想通り、由貴課長が顔をのぞかせた。

「あっ、統括……ああ、立花さん……ああ、なんてこと」

由貴が目を丸くさせている間にも、美瑠は、いくいく、と叫び続け、そして失神した。

ばたんと床に倒れていった。

「立花さんっ」

由貴が駆け寄ってくる。円形の中に入り、功一に迫ると、反り返ったペニスに目を向ける。横から菜々緒がぺろぺろと舐めている。

「統括……ああ、統括も……功一様のドレイに……なられたんですね」

「あら、長谷川課長、あなたもなのね」

別に驚いた表情は見せず、由貴の前で、鎌首を咥えていく。

「今から、美瑠の尻の穴を処女を頂くところだったんだ」

「えっ、立花さんの処女を……」

「たった今、菜々緒の前の処女を散らしたところなんだよ。ほら、長谷川課長に見せてやれ、菜々緒」

功一が言うと、根元まで咥えていた菜々緒が美貌を引き、立ち上がった。

全裸の統括を前にして、由貴は圧倒されている。その品のいい美貌といい、グラビアアイドルも真っ青のボディといい、圧巻だからだ。

あらためて、こんないい女の処女花を散らしたことに、功一自身驚く。

菜々緒はむきだしの割れ目に指を添え、由貴の前で開いていく。

「と、統括……」

ピンクの花びらがあらわれる。が、あちこちに破瓜の名残《なごり》がにじんでいた。

「血が……処女の血が……」

「あ、ああ、舐めて、長谷川課長……私のおま×こ、舐めて……」

菜々緒が甘くかすれた声でそう言う。由貴課長に破瓜の痕を見られて、どマゾの血が沸騰しているようだ。

晒している間にも、じわっと愛液がにじみ出てきている。

由貴が伺うように、功一を見やる。由貴は上司だが、こういう場では、常に功一の指示を待っている。

「由貴、おまえの後ろの処女も、ここで散らしてやろう」

と言った。

「本当ですかっ、功一様っ」

「菜々緒にケツの穴をほぐしてもらえ。そこで、シックスナインだ」

第一会議室の統括のデスクを指さす。

すると、菜々緒がそちらに向かっていく。ぷりっ張った尻たぼが誘うようにうねっている。その尻を見ていると、功一は入れたくなった。

背後から抱きつくと、菜々緒が美貌をねじってこちらを見た。功一はその唇を奪った。ぬらりと舌が入ってくる。

功一は立ったまま、菜々緒とベロチューをしつつ、ペニスを尻から入れていく。

運よく一発でめりこんだ。いきなりきつきつだ。

「ううっ……」

大量の唾液と共に、火の息が功一の喉に吹き込まれてくる。

功一は極狭の穴を進めていく。さっき貫通されたばかりの穴なのだ。

胴体の半分まで入れたところで、功一は突きを止める。

立ちバックでつながっているふたりの横を、全裸になった由貴が通った。会議の時は菜々緒が座っているデスクに上がり、四つんばいになった。

「ああ、水上統括、由貴のお尻の穴、ほぐしてくださいますか」

差し上げた双臀をうねらせ、由貴が誘う。

「舐めてやれ」

つながったまま、菜々緒を進ませる。

「あうっ、うう……」

長い足を前に運ぶたびに、おま×こが強烈に締まる。

「う、うう……」

ちょっとでも気を抜くと、二発目を出しそうになる。それは駄目だ。アナルの処女をものにするには、鋼のようになっていなければならない。安易に二発目は出せない。

菜々緒が由貴の尻に美貌を寄せていく。尻たぼをぐっと開き、舌を差し伸べる。

「ああっ、統括っ、菜々緒統括っ」

美瑠同様、どマゾの由貴は、統括に肛門を舐められ、いきなり歓喜の声をあげる。

菜々緒は肛門を舐めつつ、美瑠同様、右手を前に伸ばし、クリトリスを摘まんだ。それだけで、はやくも由貴の四つん這いの裸体がぶるぶる震えはじめる。

菜々緒がぎゅっとひねった。

「ひ、ひいっ……いくいくっ」

あっさりと由貴もいってしまう。

菜々緒の媚肉が強烈に締まる。ただでさえきつきつなのに、ち×ぽが押し潰《つぶ》されそうな錯覚を感じる。

「う、ううっ、ち×ぽがっ」

功一はあわてて引こうとしたが、まったく動かせない。半分入れたままで、きりきりと締め上げられてくる。

「あ、ああ、出そうだっ、ああ、ああっ」

「いくいく、いくいくっ」

功一のうめき声と由貴のいまわの声が第一会議室に響き渡る。菜々緒が口と指とおま×こで、由貴と功一を同時に責めていた。

「ああ、出るっ」

功一は立ちバックの形で、はやくも二発目を菜々緒の中にぶちまけた。

「あっ、い、いくっ」

菜々緒がいまわの声をあげた。由貴はなにも声をあげない。すでに失神していた。

「おう、おう、おうっ」

功一は射精し続ける。脈動するペニスを、菜々緒の媚肉がさらに締め上げてきていた。

「いく、いくっ」

菜々緒もいまわの声をあげ続ける。功一は腰を震わせつつ、右手を前に伸ばした。クリトリスを摘まむ。

するとそれだけで、菜々緒の裸体が痙攣をはじめた。

功一はぎゅっとひねった。

「ひ、ひいっ！」

絶叫し、菜々緒は功一のペニスをさらに締め上げながら、失神した。

功一は菜々緒の穴からペニスを抜いた。がくっと菜々緒が膝から崩れる。

美瑠、由貴、そして菜々緒。水上商事が誇る三人の美女が皆、裸で気を失っていた。

そんな三人の美女を見つめながら、功一ははやくもペニスを大きくさせていった。

美瑠が目を覚ました。功一のペニスを目にすると、

「功一様っ」

にじり寄り、すぐさま、しゃぶりついてきた。根元まで咥え、うんうん、とうなりながら吸ってくる。

「ああ、美瑠……」

すべては美瑠がはじまりだった。由貴課長をものにするどころか、菜々緒統括の処女花まで散らすことが出来たのは、美瑠のおかげだ。

美瑠の口の中で、ぐぐっ、ぐぐっとたくましくなっていく。

「ああ、功一様」

唇を引き、美瑠がはあっと火の息を洩らす。

「美瑠、おまえのおかげだぞ」

「えっ」

「感謝する。おまえが一番のドレイだ。由貴が二番、菜々緒は三番だ」

「そ、そんな……功一様……菜々緒様より、私なんかが上のドレイだなんて……」

功一を見上げる美瑠の瞳に涙が浮かび上がってくる。

「褒美だ。これから、おまえの尻の処女を貰ってやる」

「ああ、貰ってくださるのですか、美瑠のお尻の処女をっ」

「ケツを出せ、美瑠」

はいっ、と美瑠が床に突っ伏している菜々緒のそばで四つんばいになった。

そして、膝を伸ばし、ぐっと差し上げてくる。

功一は尻たぼをつかみ、開く。すると、菊の蕾が待っていた。それは、功一のペニスで散らされるために、ずっと待っているように見えた。

「唾液をつけろ」

と命じる。はい、と美瑠は人さし指をじゅるっと吸うと、自分の尻に伸ばしていく。そして、唾液を尻の穴に塗す。その動きに感じるのか、

「あんっ、あん……」

甘い声を洩らす。

「ケツの穴、自分でいじって感じるのか、美瑠」

「はい……ああ、うれしくて、すごく感じます」

「ヘンタイだな。どうしようもない、どマゾだな」

「ああ、うれしいです……功一様にそう言っていただいて、美瑠、すごくうれしいです」

首をねじって、功一を見上げる。その瞳には涙が浮かんでいた。

「かわいいな、美瑠」

思わず、功一はそう言った。心の底から出た言葉だった。

「ああ、ありがとうございますっ。ああ、生まれてからこれまでたくさんかわいいって言われた中で、一番うれしいですっ」

美瑠は涙をぼろぼろ流し、さらに自分の唾液を肛門に塗していく。

「はあっ、あんっ……あんっ」

泣きながら、甘い喘ぎをこぼしている。さらに感じるようだ。

「よし、入れてやる。おまえの後ろの処女を貰ってやるぞ、美瑠」

「ありがとうございますっ」

美瑠が指を引くと、功一は鋼の強さを取りもどしたペニスを、尻の狭間に入れていく。

尻たぼの奥に入っていくだけで、美瑠がぶるぶると双臀を震わせる。

「じっとしていろっ」

ぱんっと尻たぼを張る。すると、

「あんっ」

甘い声をあげて、美瑠はさらに尻をうねらせる。もっとぶって、と言っているのだ。

功一はさらにぱしぱしっと尻たぼを張りつつ、鎌首を進めていく。尻の穴に触れると、それだけで、ああっ、と美瑠が甲高い声をあげる。

功一は尻の穴を鎌首で突きつつ、さらに尻たぼを張る。

「あっ、あんっ、あんっ」

美瑠が甘い声をあげる。そばで気を失っていた菜々緒が目を覚ました。あっ、と声をあげて上体を起こす。

「お尻に、入れるのですか」

「そうだ。菜々緒、おまえもケツの処女を俺にやりたいか」

「はあっ、ああ……お尻の処女も……功一様に」

菜々緒はうっとりとした表情を浮かべている。

その前で、功一は鎌首を美瑠の尻の穴に押しつけていく。菊の蕾は小指の先ほどで、鎌首は太い。しかも、尻の穴はペニスを入れるための穴ではない。

唾液でほぐしているとはいえ、無理がある。

「う、ううっ……」

めりこませようとするが、尻の穴が押し返してくる。

「ケツの穴から力を抜け、美瑠っ」

「は、はい……うう、ううっ」

四つんばいの裸体に瞬く間に、あぶら汗が浮いてくる。

「頑張って、立花さん」

菜々緒が美瑠の手をつかむ。

「ああ、菜々緒様……」

思わず、美瑠が統括を様付けで呼ぶ。

「三番目のドレイを様付けで呼ぶやつがいるか」

「ああ、でも……」

「三番目、私が、三番目のドレイというのですか、功一様」

菜々緒が功一を見上げる。

「そうだ。当然だろう」

「ああ、立花さんと長谷川課長以下のドレイ……」

怒りだすかと思ったが、違っていた。ドレイの中の最低ドレイだと言われ、どマゾの血が騒いでいるのだ。

「はあっ、ああ……美瑠様……頑張ってください」

いきなり美瑠を様付けで呼んだ。

「えっ、菜々緒様……」

「菜々緒って呼び捨てにしてください、美瑠様」

美瑠を見つめる菜々緒の瞳がとろんとなっている。

「な、菜々緒……」

「はい、美瑠様」

功一はここだと鎌首を押し込む。尻の穴が鎌首の太さに広がり、ぐぐっとめりこんでいく。

「う、ううっ、痛いっ」

「美瑠様っ」

菜々緒がぎゅっと美瑠の手をつかむ。

「キスして、菜々緒。私とキスして」

はい、と菜々緒が唇を寄せていく。美瑠と菜々緒の唇が重なる。功一はさらにめりこませていく。

「裂けるっ、お尻、裂けるっ」

美瑠が絶叫し、その声に、由貴も目を覚ました。

「あっ、お尻の処女がっ」

「裂けるっ、裂けるっ……ああ、あああっ、功一様っ」

鎌首が美瑠の後ろの穴に入った。ぴちっと尻の粘膜が貼り付き、強烈に締めてくる。

「う、ううっ」

今度は功一がうなる番だ。鎌首を埋めた状態で、まったく動けなくなる。

「ああっ、由貴も、由貴のお尻の処女もっ、奪ってくださいっ」

由貴がデスクから降りて、がくがくと震えている美瑠の隣で四つんばいになる。

「ああ、すごい締め付けだ」

「う、うう……お尻、お尻……」

美瑠の身体はあぶら汗まみれとなり、ぬらぬらと絖光りはじめている。

「由貴、自分で尻の穴に唾液を塗せ。次に入れてやるぞ」

はいっ、と由貴も美瑠同様、人さし指に唾液を塗すと、尻の穴に向けていく。

そして、自らの指で唾液を塗しはじめる。

「ああっ、あんっ」

由貴も美瑠同様、自分で塗して、感じている。

功一は美瑠の尻の穴から、鎌首を抜いた。鮮血がついている。それを見た菜々緒が、すぐさましゃぶりついてきた。

「ああっ、菜々緒っ……」

尻の穴で締め上げられた直後の吸い付きに、功一は腰を震わせる。

菜々緒はすぐに唇を引いた。危うく暴発するところだったが、ぎりぎり助かった。

功一は由貴の尻に矛先《ほこさき》を向ける。

「おまえは二番ドレイだ」

と言うと、唾液まみれの菊の蕾に、鎌首を当てていく。

「あ、ああ……ああ……功一様」

由貴も美瑠同様、尻の穴に鎌首を感じただけで、双臀を震わせはじめる。

功一はぐっと鎌首を押していく。すると、人妻ゆえか、美瑠の時よりぐいっとすぐさまめりこんでいった。

「あうっ、ううっ」

由貴の双臀がうねる。じっとしていろっ、とぱしりりと尻たぼを張りつつ、鎌首を埋め込むと、

「ああ、ああっ、い、いくっ」

由貴がいきなりいまわの声をあげた。

「えっ、うそ……お尻でいくなんて……」

美瑠と菜々緒が信じられないといった顔で、由貴を見る。

「いくいくっ」

と叫び、また白目をむき、突っ伏した。鎌首が尻の穴から抜ける。

「美瑠、一番ドレイのおまえの尻の穴でいくぞ」

「はいっ、功一様っ」

美瑠がぐぐっと双臀を差し上げてくる。菊の蕾には、破瓜の痕がにじんでい

る。

それを見た菜々緒が美瑠の尻に美貌を埋めた。傷を癒《いや》すようにぺろぺろと舐めていく。

「あ、ああっ、菜々緒様っ」

美瑠の身体が痙攣をはじめる。

「美瑠っ、まさか、三番ドレイにケツの穴を舐められて、いくんじゃないだろうな」

「ああ、あああっ、あああああっ……」

今にもいきそうな声をあげていたが、菜々緒がさっと唇を引いた。そして、

「功一様、どうぞ」

と言った。菜々緒の瞳も妖しく濡れている。

功一はあらためて、美瑠の尻の穴に鎌首を当てた。

「あ、あああ、ああっ」

それだけで、美瑠の身体の震えが止まらなくなる。

功一はぐぐっと鎌首を押し込む。

「あ、あああっ、功一様っ、功一様っ、あああああっ、美瑠……」

「おうっ、なんて締め付けだっ」

「くださいっ、ああ、ああ、いっしょに、いってくださいっ」

「いくぞっ、ああ、いくぞ、美瑠っ」

おうっ、と吠え、功一は美瑠の尻の穴に射精させた。

「あっ、いくっ」

短く叫び、つながった双臀を痙攣させつつ、美瑠は突っ伏した。

「次は、菜々緒のお尻の処女の番ですね」

と言って、菜々緒が四つんばいになった。

※この作品は「紅文庫」のために書下ろされました。

紅文庫

マドンナOLメイド志願《しがん》

八神淳一《やがみじゅんいち》

2021年 11月 15日　第1刷発行

企画／松村由貴（大航海）
DTP／遠藤智子

編集人／田村耕士
発行人／日下部一成
発売元／株式会社ジーウォーク
〒153-0051 東京都目黒区上目黒 1-16-8 Yファームビル6F
電話 03-6452-3118
FAX 03-6452-3110

印刷製本／中央精版印刷株式会社

ISBN978-4-86717-238-4

美肛リゾート
後ろでイカせて
阿久根道人
Douto Akune
もう十分に、
柔らかくなったわ！
可憐な窄まりに刻みの深い放射状のシワが、至福へのトビラ
美熟女部長・美和の欲望から、本社管理部へ移動となった慎太郎は、順調に秘孔のもてなしを堪能していた。ある日、副社長夫人の亜紀子の呼び出しで、さらに上のステージ——島のリゾート開発に乗り出す。土地取得、大型融資、環境保全、と“国家”レベルの美女たちが次々と待ち受けていて……美肛満開、歓喜の粘蜜！
定価／本体720円＋税
紅文庫
最新刊